Unsere Feste

Gedichte & Texte
aus der Sendung
Von zehn bis zwölf

unsere Feste

Gedichte & Texte aus
der Sendung von

10 Von zehn bis zwölf 12

Mein Dank geht an Baldur Seifert und an die Autoren der Texte und Gedichte;
an Frau Dr. Karin Berg-Kotterba für die endredaktionelle Arbeit und
an Frau Gisela Schmidt für die vorredaktionelle Arbeit.

1. Auflage 2003
Mons Verlag, Taubenplatz 42, 67705 Trippstadt
Umschlaggestaltung: Horst-Jürgen Scheib
Printed in Germany
ISBN 3-00-012367-9

Inhalt:

Fasching

Muttertag

Hochzeit und Hochzeitstage

Narrenzeit

Heitre Masken, schöne Larven,
Schellen, die am Ohre klingen.
Kleine Rufe, die im scharfen
Narrenwind durchs Dunkel dringen.

Possenspiel und Schattentreiben
Bringt die Bitterkeit zur Süße,
Und als Bild im Spiegel bleiben
Spuren leichter Mädchenfüße.

Leben schmilzt wie Ton der Schminke
Selig hin zu neuem Leben
Ohne Schwermut, voller Winke,
Lockend wie ein Wimpernheben.

- Karl Krolow

Fasching

Man sieht das Leben heiter an,
Man zieht sich andere Kleider an
Und denkt, nun sei's gewonnen.
Und glaubt, indes die Geige schrillt,
Die Flöte grillt, der Busen schwillt:
Man sei sich selbst entronnen.

Bloß der – so sehr man sich befliss –
Charakter indelebilis
Bequemt sich nicht zum Pennen.
Der sogenannte Status quo
Grinst hochverschmitzt: „All wedder do!"
Und der gewinnt das Rennen.

- Dr. Owlglass

Narren

O bitte, schimpft nicht auf die Narren. Ein Narr ist stets ein kluger Mann.
Statt depressiv ins Aug zu starren, versucht er lächelnd auszuharren,
weil er ja doch nichts ändern kann.

Er nimmt Probleme auf die Schippe und schon verlieren sie den Schreck.
Als echtes Kind der Narrensippe weiß er, ob Politik, ob Grippe:
In hundert Jahr ist alles weg.

Er fühlt rein instinktiv, daß Schunkeln die schönste Selbstverwirklichung.
Tappt auch die ganze Welt im Dunkeln, ihn stört kein Flüstern und kein Munkeln.
Sein Lämpchen glüht und hält ihn jung.

Die nie durch Lachen sich befreiten sind schon zehn Jahre früher grau.
Wenn sich auch die Psychiater streiten: Der beste Urschrei aller Zeiten,
der ist – und bleibt wohl auch - Helau!

- unbekannt

Februar

Der Februar ist als Schalk zur Stell!
Er hält es mit den Narren.
Die kitzelt er mit List am Fell,
spannt sie vor seinen Karren.

Ein muntres Possenspiel beginnt,
um alles zu vertreiben,
was uns den Lebenswillen nimmt.
Ein Spiel will es auch bleiben.

Die Maske wird dabei zum Schild,
um manchen Bann zu brechen
und ohne Scheu dem wahren Bild
vom Ich treu zu entsprechen.

Hat sich der Schein von selbst enthüllt,
sind Masken abgenommen,
ist unsres Keimes Zeit erfüllt.
Ein Frühling ist im Kommen!

- Klaus Huber

Humor

Humor ist eine Sache,
die man nicht ernst genug nehmen kann.

– Heinz Rühmann

RESERVE

Ich bin das ganze Jahr vermummt in allerhand Kostümen.
Und schon erheblich ausgepumpt, durchs ewige Verblümen.

Soll ich nun auch den Karneval im bunten Rock verbringen?
Und voller Anmut durch den Saal die Lackpedale schwingen?

Und das vergnügte Publikum an allen Ecken lausen?
Wie töricht wäre das! Wie dumm! Da bleib ich lieber draußen.

Und bleibe gänzlich ungerührt, wenn auf dem Freudenanger
Der Herr Philister kränklich wird und seine Tochter schwanger.

- unbekannt

Zum Glück

Ist das nicht schön! Die Zeit hallt fröhlich wider
vom Fastnachts-Faschings-Karnevals-Hallo ...
Das macht nicht halt vor Werkstatt und Büro
und wuselt bunt im kleinen und en gros
und wogt und wallet mächtig auf und nieder ...!

Wo immer all die Elfer-Räte tagen ...
In Kölle, Stuttgart, Baden-Baden, Mainz:
Das Wichtigste ist (beim Patron des Weins!),
dass auch in diesem Jahr (Zweitausend-Eins)
die Narren wieder „Ja“ zur Fastnacht sagen!

- Henry Grocholl

Der Februar

Nordwind bläst. Und Südwind weht.Und es schneit. Und taut. Und schneit.
Und indes die Zeit vergeht, bleibt ja doch nur eins: die Zeit.

Pünktlich holt sie aus der Truhe falschen Bart und goldnen Kram.
Pünktlich sperrt sie in die Truhe Sorgenkleid und falsche Scham.

In Brokat und seidnen Resten, eine Maske vorm Gesicht,
kommt sie dann zu unsren Festen, wir erkennen sie nur nicht.

Bei Trompeten und Gitarren drehn wir uns im Labyrinth
und sind aufgeputzt wie Narren, um zu scheinen, was wir sind.

Unsre Orden sind Attrappe. Bunter Schnee ist aus Papier.
Unsre Nasen sind aus Pappe. Und aus welchem Stoff sind wir?

Bleich, als sähe er Gespenster, mustert uns Prinz Karneval.
Aschermittwoch starrt durchs Fenster, und die Zeit verläßt den Saal.

Pünktlich legt sie in die Truhe das Vorüber und Vorbei.
Pünktlich holt sie aus der Truhe Sorgenkleid und Einerlei.

Nordwind bläst. Und Südwind weht. Und es schneit. Und taut. Und schneit.
Und indes die Zeit vergeht, bleibt uns doch nur eins: die Zeit.

- Erich Kästner

Er war kein Freund von Maskenbällen

Er war, weil Adelheid nicht ruhte
Und weil sie wie am Spieße schrie,
Mit ihr (und später ohne sie)
Im Spiegelsaal auf der Redoute.

Er ging als stilisierter Neger.
Mit einer Art von Lendenschurz.
Der war ihm überall zu kurz
Und eigentlich ein Bettvorleger.

Er war kein Freund von Maskenbällen.
Er war bedrückt: Und staunte stumm.
Und stand, wie man in solchen Fällen
Herumzustehen pflegt, herum.

Er lehnte meistenteils an Säulen.
Die Frauen kamen, Mann für Mann,
Und sahen sich den Neger an.
Und kriegten auf dem Busen Beulen.

Sie machten ihm enorm zu schaffen
Mit Wein und Weib. Auch mit Gesang.
Sein Schurz war, wie gesagt, nicht lang,
Und sie durchsuchten ihn nach Waffen.

Sie lockten ihn an dunkle Stellen
Und zwangen ihn zu dem und dem.
Er war kein Freund von Maskenbällen
Und fand es riesig unbequem.

Die Eine wollte gar nicht weichen,
Obwohl sie sah, wie sehr er litt,
Und nahm sein Lendenschürzchen mit.
Sie sagte nur: „Als Lesezeichen ...“

Das hätte sie nicht machen sollen!
Er hatte angebornen Takt,
Verließ, sofort und völlig nackt,
Den Ball – und ist seitdem verschollen.

Wie der Lokal-Anzeiger glaubt,
Hat ihn, zwecks unerlaubten Zwecken,
Ein Mädchenpensionat geraubt!
Dort wird man ihn schon gut verstecken.

- Erich Kästner

Auf dem Maskenball

Die Geigen girren leise,
Die Flöten flüstern so fein,
Die Masken drehn sich im Kreise,
Plump fährt die Pauke drein.

Die Bläser blähen die Backen,
Das Bombardon poltert wie wild,
Da dreht sich auf zierlichsten Hacken
Auf einmal das zierlichste Bild.

Ein Seufzer der Klarinette,
Ein plötzliches Ach der Obo;
Tanze mit mir, Pierette!
- Kein Füßchen tanzte je so.

Die Geigen girren leise,
Die Flöten flüstern so fein,
Die Masken drehn sich im Kreise,
Ein Pfropfenknall fährt drein.

Die Bläser blähen die Backen,
Das Bombardon winselt wie wund.
Den Arm um den reizendsten Nacken,
Such ich den reizendsten Mund.

Ein Seufzer der Klarinette.
Ein zärtliches Ach der Obo;
Küsse mich, Pierette!
- Kein Mädchen küsste je so.

- Gustav Falke

FASENACHT

Auf, auf, ihr Freunde aufgewacht,
wir feiern doch jetzt Fasenacht...
Hört her, ihr Narren, es ist soweit,
begeht die fünfte Jahreszeit.
Greift zur Narrenkap, ihr Alte,
laßt die Jugend schalte, walte,
tut ihr nit den Spaß verderbe,
wenn se sich die Haar blau färbe,
laßt se tanze, unn aach springe,
laßt se dichte, laßt se singe,
tut ihr nit die Freud verleide,
freut euch, wenn se sich verkleide,
mal als Clown, mal als Indianer,
als Pirat, als Mexikaner
mit ,nem Bärtche, so em flotte,
mal mit Röckche, als ein Schotte...
es fehlt doch keinem an Humor –
denkt euch was aus, stellt euch was vor,
reißt euch zusamme, gebt euch Müh –
ihr alle habt doch Fantasie...!

Wer's nit mag, des bunte Treibe,
bleibt dehaam un läßt es bleibe,
kann sich vor des Fernseh setze
unn e Fläschje Woi verpetze,
sucht aus vielerlei Programme,
sich sei Fasenacht zusamme,
ob rheinisch, schwäbisch, is egal –
e bisje lacht mer schon emal...

Wer da noch zögert unn nix tut,
hat mit der Fasenacht nix am Hut,
dem sage ich hier frank unn frei:
Am Aschermittwoch ist's vorbei...

- Karl Pfeffer

„ Und ob !! „

Fastnacht ... Fastnacht ..., allenthalben! – Es wird „ernst“ ... Der Jux geht los! –
Farben ...., Puder ...., Creme und Salben zaubern Stars und .... Bordsteinschwalben
- und Rittersleut‘, und Dominos ... –

—

Zu Kostüm- und Masken-Bällen zieht’s uns mächtig wieder hin ...
(Vielleicht zu den wahren Quellen, denn man weiß: in vielen Fällen
gebiert der Un-Sinn neuen Sinn!)

—

Nach der Weisheit hehren Brüsten wird’s das Gros der Narretei
zwar nicht unbedingt gelüsten ... Doch wozu wir uns auch rüsten:
Narri! – Narro! --- Viel Spaß dabei !

- Henry Grocholl

Der Februar

Der Februar
bringt allzumal
die Fastnacht mit,
den Karneval.

Dann kannst du närrisch
voll ausrasten
aus allen
seelischen Ballasten,
ersäufen
just nach Herzenslust
den angestauten Jahresfrust,

verbergen
unter Masken, Kappen
den alten Adam
und dir pappen
knallrote
Nasen ins Gesicht.

Nur eins, mein Freund,
gestatte nicht
bei allem
Umtrieb, Frohsinn, Lachen:

Lass niemals
dich
zum Narren
machen.

- Emil Autenrieth

Karneval der Mäuselchen

Beim Karneval der Mäuselchen sind alle aus dem Häuselchen.
Da gibt es ein Getrippelchen, ein Tippeln und Gewippelchen
beim frohen Tanz der Kleinchen, im Keller soll es seinchen.
Dort zwischen den Kartöffelchen und Kohlen tanzen Stöffelchen,
dort flattern bunte Bändelchen und Schleifelchen, Girländelchen.
Dort sind sie aus dem Häuselchen, die närrischsten der Mäuselchen.
Du mußt, willst du sie sehen, nachts in den Keller gehen.
Dann hörst du das Gewisperchen, Getuschel und Geknisperchen.
Du findest das nicht nettchen? Dann bleib in deinem Bettchen.
Doch liebst du wie die Mäuselchen in ihrem dunklen Häuselchen,
mit ihren langen Schwänzelchen ein fröhliches Getänzelchen,
geh nicht zum Federball: Komm mit zum Karneval!

- unbekannt

Närrisch voraus

Es ist nicht so, daß man wie auf Befehl jetzt dreimal kurz und militärisch lachen müßte:
Vom Süden, bis hinauf zur Nordseeküste macht schlicht gesagt die Jahreszeit kein Hehl.

—

Aus ihrer Sehnsucht, Frost und Eis und Schnee bald wieder frühlings-selig hinter sich zu lassen!
Und fastnachtsfröhlich sich ihr anzupassen, das steht uns gar nicht schlecht, in Luv und Lee!

—

Und: Gleichviel: FASTNACHT, FASCHING, KARNEVAL: Nicht wichtig ist's wie wir die tollen Tage nennen!
Hauptsache, wir sind dabei mit im Rennen – zuweilen närrisch sein, lohnt allemal!

- Henry Grocholl

Rosenmontag

Jetzt ist die schönste Chance abzuschalten.
Die Stunde stimmt. Fast ist sie schon barock.
Die Stimmung bügelt alle Kummerfalten.
Vom Alkohol wird ziemlich viel gehalten
und selbst der lahme Muck trinkt Doppelbock.

Die Lebensfreude schält sich aus Vereisung.
Der erste Walzer fährt sofort ins Knie.
Wer lachen kann, steht vor der Seligpreisung.
Für's Schunkeln gibt's keine Gebrauchsanweisung.
Das kann man so – oder man lernt es nie.

Gleich kriegt man Anschluss. Nirgends ist Etappe.
Mit soviel Narren ist man nie allein.
Hier ist man Mensch und hat die gleiche Kappe,
die gleichen Farben und die gleiche Klappe.
Die ganze Welt spielt den Hellau-Verein.

Dies ist die beste aller Therapien:
Ein Andrer sein – am liebsten gleich im Paar.
Als Narr nur kann der Mensch sich selbst entfliehen.
Und morgen sollen uns Rosen blühen ...
Neurosen blühen uns das ganze Jahr.

- unbekannt

Februar

Ganz anders als der Januar,
der frostig den Winter in Händen hält,
zeigt sich der quirlig kurze Februar,
weil sich ihm Hexenzauber zugesellt,

der diesen Monat lichter macht,
viel froher durch der Narren Treiben,
in ihm verwebt die junge Fasenacht,
dort kann kein Winter Härte zeigen.

Er hüpft empor und schiebt
den alten Bruder auf die Seite,
weil Februar das Leichte liebt,
den Blick voran in des Himmels Weite.

Wenn er die Narrenkappe abgezogen,
keimt eine Wandlung – sonderbar –
ein Frühlingsahnen ist verwoben
im hellen Licht des jungen Februar.

- Traudl Schmitt

Muttertag

Tag der Mutter, Tag der Freude,
Dankesworte fallen ein,
doch wir sollten nicht nur heute
unserer Mutter dankbar sein.

Öfter sollten wir ihr sagen:
„Mama, du, ich hab' dich lieb!"
und sie stets auf Händen tragen,
weil sie unsre Beste blieb.

Mich hat sie die ersten Schritte
und im Leben viel gelehrt,
meist hat sie auf meine Bitte
„Ja!" gesagt, sich nie beschwert.

Manchmal plagten sie schon Sorgen,
doch sie hatte Gottvertraun,
kam nach dunkler Nacht der Morgen,
konnte sie meist klarer schaun.

Oft hat sie für mich gebetet,
wenn ich krank war, hat gefleht,
mit dem Lieben Gott geredet,
dass es mir bald besser geht.

Ich wünsche ihr zu jeder Zeit,
Gesundheit – Wohlergehen
und geistige Beweglichkeit,
Kraft, morgens aufzustehen.

Gott schenke ihr ein frohes Herz
auf allen ihren Wegen
und auch ein Leben ohne Schmerz,
dazu noch seinen Segen.

- Karl Pfeffer

Mutter

Es ist etwas Wunderbares um eine Mutter!
Andere mögen dir gut sein, aber nur deine Mutter kennt dich.
Sie führt dich ins Leben, sie sorgt sich um dich, behütet dich,
geht auf für dich in Liebe, und hat für alles ein Verzeih'n.
Sie entschuldigt noch, wo das Verstehen aufhört.
Ein einziges Unrecht nur – ein einziges nur – begeht sie:
Wenn sie zum letzten Schlaf die Augen schließt,
um dich in dieser Welt allein zu lassen.

- Alfred Kolping

Die Schritte

Klein ist, mein Kind, dein erster Schritt,
klein wird dein Letzter sein.
Den Ersten gehen Vater und Mutter mit,
den Letzten gehst du allein.

Sei's um ein Jahr, dann gehst du, Kind
viel Schritte unbewacht.
Wer weiß, was das dann für Schritte sind
im Licht und in der Nacht?

Geh kühnen Schritt, tu tapfren Tritt,
groß ist die Welt und dein.
Wir werden, mein Kind, nach dem letzten Schritt
wieder beisammen sein.

- Albrecht Goes

Meine kleine Mama!

Eben las ich wieder Deinen so liebevollen Brief, den Du mir neulich geschrieben hast. Meine kleine Mama, wie gern wär ich bei Dir! Wenn Du wüsstest, wie ich täglich lerne, Dich noch etwas lieber zu haben. Ich schrieb nicht die letzten Tage, aber wir haben gegenwärtig so viel zu tun!
Es ist schönes, mildes Wetter heute Abend, aber ich bin traurig, ich weiß nicht weshalb. Diese Ausbildung in Avord ist auf die Dauer so ermüdend. Sehr nötig habe ich eine Ruhekur und dass Du bei mir bist. Was treibst Du, Mama? Malst Du? ... Schreib mir! Deine Briefe tun mir wohl; sie kommen zu mir wie ein frischer Luftzug. Meine kleine Mama, wie bringst Du es nur fertig, die so köstlichen Dinge zu finden, die Du sagst? Sie bewegen einen denaanzen Tag.
Ich brauche Dich ebenso sehr wie damals, als ich ganz klein war. Die Feldwebel, die militärische Disziplin, die Kurse über Taktik, was ist das alles für trockenes und sprödes Zeug! Ich sehe Dich vor mir, wie Du die Blumen im Salon ordnest und bekomme eine Wut auf sie: auf die Feldwebel. Wie konnte ich Dich nur manchmal zum Weinen bringen? Wenn ich daran denke, bin ich so unglücklich. Ich ließ Dich an meiner Zärtlichkeit zweifeln. Und doch: wenn Du nur von ihr wüsstest, Mama.
Du bist das Beste, was ich im Leben habe. Ich habe heute abend Heimweh wie ein kleiner Junge. Wenn ich mir vorstelle, dass Du dort herumgehst und sprichst, und dass wir zusammen sein könnten, und dass ich nichts von Deiner Zärtlichkeit habe, und dass auch ich Dir keine Stütze bin.
Mir ist wahrhaftig zum Heulen heute abend. Du bist der einzige Trost, wenn man traurig ist. Als ich ein kleiner Junge war, kam ich mit meinem dicken Ranzen auf dem Rücken nach Hause, schluchzend, weil ich bestraft worden war – Du erinnerst Dich doch an Le Mans; und nur durch einen Kuss von Dir war alles vergessen. Du warst ein allmächtiger Schutz gegen die Aufpasser und den Pater Präfekten. Man fühlte sich geborgen in Deinem Hause, man gehörte nur Dir, wie gut war das.
Nun, jetzt ist das ebenso, Du bist meine Zuflucht, Du weißt alles, Du lässt alles vergessen, und ob man will oder nicht, man fühlt sich ganz als kleiner Junge.
Mama, ich verlasse Dich. Die Arbeit wächst mir über den Kopf. Ich werde noch ein letztes Mal am Fenster frische Luft schöpfen. Die Frösche hier quaken wie in Saint-Maurice, aber sie quaken bei weitem nicht so gut!
Ich umarme Dich so zärtlich.
Dein großer Sohn Antoine

Morgen im Flugzeug werde ich mindestens fünfzig Kilometer in Deiner Richtung fliegen, damit ich mir einbilden kann, dass ich zu Dir unterwegs bin.

- Antoine de Saint-Exupéry

Für meine Mutter

Was bring ich wohl an diesem Tag
meiner lieben Mutter?
Geh zur Wiese hin und frag,
ob sie mir nicht raten mag. –
Blümelein, Blümelein,
bring ich meiner Mutter.

Was bring ich wohl an diesem Tag
meiner lieben Mutter?
Geh aufs Feld hinaus und frag,
ob es mir nicht raten mag. –
Sonnenschein, Blümelein,
bring ich meiner Mutter.

Was bring ich wohl an diesem Tag
meiner lieben Mutter?
Geh ich in den Wald und frag,
ob er mir nicht raten mag. –
Vogelsang, Vogelsang,
Sonnenschein, Blümelein,
bring ich meiner Mutter.

Was bring ich wohl an diesem Tag
meiner lieben Mutter?
Geh zur Kirche hin und frag,
ob sie mir nicht raten mag. –
Glockenklang, Vogelsang,
Sonnenschein, Blümelein,
bring ich meiner Mutter.

Was bring ich wohl an diesem Tag
meiner lieben Mutter?
Geh zum Vater hin und frag,
ob er mir nicht raten mag. –
Lust und Scherz, Lust und Scherz,
Glockenklang, Vogelsang,
Sonnenschein, Blümelein,
bring ich meiner Mutter.

Was bring ich wohl an diesem Tag
meiner lieben Mutter?
Geh zur Mutter selbst und frag,
ob sie mir nicht raten mag. –
Kinderherz, Lust und Scherz,
Glockenklang, Vogelsang,
Sonnenschein, Blümelein,
und ein Küsslein, süß und fein,
bring ich meiner Mutter.

- Ludwig Reinhard

Mutter

Mutter, Du hast mich treulich geleitet,
hast mich durch Höhen und Tiefen begleitet,
ich durfte zu Deinen Füßen spielen –
Du hielst mich im Arm als die Bomben fielen.

Wir haben gehungert und gefroren –
Du hast Deinen Mann – ich den Vater verloren,
russische Erde deckt ihn zu –
am Ilmensee fand er die letzte Ruh'.

Und als unsre Heimat in Flammen stand,
da nahmst Du mich fest an Deine Hand –
hast mir ein neues Zuhause gegeben
und mich geprägt für mein weiteres Leben.

Jetzt bist Du bei mir – ich will für Dich sorgen,
denn was uns verbindet – war gestern – bleibt morgen.

- Irmgard Margarete Schmidt

Muttertag

Muttertag – ich wart' auf Dich –
back' Deinen Lieblingskuchen,
Du denkst daran ganz sicherlich,
wirst mich bestimmt besuchen.

Hab' lang nichts mehr von Dir gehört,
freu' mich auf's Wiedersehn –
Du weißt, ich hab' mich nie beschwert,
versuch' Dich zu verstehn.

Denn die Termine jagen Dich,
Du musst Erfolge zeigen –
hast nicht die Ruhe, so wie ich,
wenn sich die Jahre neigen.

So ab und zu, da kommt von Dir
auch eine Ansichtskarte,
da freu' ich mich, doch glaube mir,
dass ich auch manchmal warte.

Am Telefon, da will ich Dich
nicht allzu häufig stören –
die meiste Zeit ist da für mich
auch nur ein Band zu hören.

Von meiner langen Einsamkeit
möchte' ich Dir nicht erzählen,
Dich soll zu Deiner knappen Zeit
nicht Dein Gewissen quälen.

Muttertag – ich wart' auf Dich -
mein Herz ist voller Freud'
Du kommst vorbei ganz sicherlich
und schenkst mir Deine Zeit.

- Irmgard Margarete Schmidt

Elternlied

Kinder laufen fort.
Lang her kann's noch gar nicht sein,
Kamen sie zur Tür herein,
Saßen zwistiglich vereint
Alle um den Tisch.

Kinder laufen fort.
Und es ist schon lange her.
Schlechtes Zeugnis kommt nicht mehr.
Stunden, Ärger, Stunden schwer:
Scharlach, Diphtherie!

Kinder laufen fort.
Söhne hangen Weibern an.
Töchter haben ihren Mann.
Briefe kommen, dann und wann,
nur auf einen Sprung.

Kinder laufen fort.
Etwas nehmen sie doch mit.
Wir sind ärmer, sie sind quitt,
Und die Uhr geht Schritt für Schritt
Um den leeren Tisch.

- Franz Werfel

Meine Mutter ist still geworden

Meine Mutter ist still geworden,
all ihre Macht gab sie fort,
lenkt nicht mehr meine Schritte
mit strengem Wort.

Meine Mutter ist still geworden,
sinnt nun weit mehr, als sie spricht,
und meine sondren Wege,
sie rügt sie nicht.

Aber wenn ich sie befrage
über mein Leben und Leid,
sie weiß von jedem Tage
gar wohl Bescheid.

Und sie lächelt zuweilen leise,
nickt auch bedenklich und schwer
doch geizt sie mit dem Lobe
und schillt nicht mehr.

Und ich suche doch ihre Augen,
suche sie wie einst als Kind,
die voll der alten Liebe
und neuer Weisheit sind.

- Ernst Zahn

Selbstkritik am Muttertag

Am Muttertag sind wir Kinder besonders lieb. Wir putzen dir alle Schuhe. Wir decken dir den Frühstückstisch. Wir holen Tulpen und Narzissen aus dem Garten. Wir spülen hinterher auch das Geschirr. Wir werden schon nichts zerbrechen! Die kleine Schwester sagt ein langes Muttertagsgedicht auf. Sie hat es mit Vati mühsam auswendig gelernt. Und du wirst sehen, liebe Mutti: Alles klappt sehr gut. Fast wie am Schnürchen. Die ganze Familie freut sich!
Ach, wenn wir das ein ganzes Jahr lang schaffen würden! Und was sagst du dazu, liebe Mutti? Wahrscheinlich bist du schon glücklich, wenn es heute nur klappt. Du freust dich, dass es keinen Ärger und keinen Streit gibt und jeder überaus freundlich und aufmerksam ist. Ach ja, Mutti: Du bist nicht sehr anspruchsvoll, nicht wahr? Aber gerade deswegen haben wir dich alle sehr, sehr lieb!

- unbekannt

An eine ältere Schwester, die Braut wird

Es wird behauptet und mit Grund,
ein nützlich Werkzeug sei der Mund.
Zum Ersten lässt das Ding sich dehnen
wie Guttapercha, um zu gähnen.
Ach, Grete, wenn du dieses musst,
tu es im Stillen und mit Lust!

Zum Zweiten: Wenn es grad von Nöten,
kann man ihn spitzen, um zu flöten.
Sitzt dann der Schatz auch mal allein,
dies wird ihm Unterhaltung sein.

Zum Dritten lässt der Mund sich brauchen,
wenn's irgend passend, um zu rauchen.
Dies kannst du deinem guten Gatten,
der darum bittet, wohl gestatten.

Zum Vierten ist es kein Verbrechen,
den Mund zu öffnen, um zu sprechen.
Vermeide nur Gemütserregung.
Sprich lieber sanft, mit Überlegung.
Denn mancher hat sich schon beklagt:
Ach, hätt' ich das doch nicht gesagt!

Zum Fünften, wie wir alle wissen,
so eignet sich der Mund zum Küssen.
Sei's offen oder sei's verhohlen,
gegeben oder nur gestohlen,
ausdrücklich oder nebenher,
bei Scheiden oder Wiederkehr,
zum Frieden und nach Kriegeszeiten:
Ein Kuss hat seine guten Seiten!

Zum Schluss jedoch nicht zu vergessen:
Hauptsächlich dient der Mund zum Essen.
Gar lieblich dringen aus der Küche
bis an das Herz die Wohlgerüche.
Hier kann die Zunge fein und scharf
sich nützlich machen, und sie darf!
Hier durch Gebrötel und Gebrittel
bereitet man die Zaubermittel
in Töpfen, Pfannen oder Kesseln,
um ewig den Gemahl zu fesseln.
Von hier aus herrscht mit schlauem Sinn
die Haus- und Herzenskönigin.

Liebs Gretchen, halt dich wohlgemut,
regiere mild – und koche gut!

- Wilhelm Busch

Brevier für Jungvermählte

Man haust im möblierten Zimmer.
Der Wirtin Neugier war ein Graus.
Das ist vorbei, und zwar für immer.
Jetzt ist man selber Herr im Haus.

Vergnügt umschreitet man bedächtig
die schönen Meter im Quadrat.
Und fühlt sich wohl, und fühlt sich prächtig
im eigenen Zwei-Zimmer-Staat!

Man hat zwar allerhand Allüren
noch aus der Junggesellenzeit.
Verstreut die Sachen. Knallt die Türen.
Das gibt sich mit der Zweisamkeit.

Die Ehe ist ja kein Examen,
das man an einem Tag besteht.
Man lacht und rauft sich erst zusammen:
Vom Ich zum Wir braucht's viel Diät.

- unbekannt

Dank

Ich danke dir mein Wohl, mein Glück in diesem Leben.
Ich war wohl klug, dass ich dich fand.
Doch ich fand nicht. Gott hat dich mir gegeben.
So segnet keine andre Hand.

Sein Tun ist je und je großmütig und verborgen.
Und darum hoff' ich, fromm und blind,
er werde auch für unsre Kinder sorgen,
die unser Schatz und Reichtum sind.

Und werde sie regieren, für sie wachen,
sie an sich halten Tag und Nacht,
dass sie wert werden und auch glücklich machen,
wie ihre Mutter glücklich macht.

Uns hat gewogt die Freude, wie es wogt und flutet
im Meer so weit und breit und hoch!
Doch manchmal auch hat uns das Herz geblutet,
geblutet – ach, und blutet noch.

Heut aber schlag' ich aus dem Sinn mir alles Trübe,
vergesse allen meinen Schmerz
und drücke fröhlich dich mit voller Liebe
vor Gottes Antlitz an mein Herz.

- Matthias Claudius

Der andere Mann

Du lernst ihn in einer Gesellschaft kennen.
Er plaudert. Er ist zu dir nett.
Er kann dir alle Tenniscracks nennen.
Er sieht gut aus. Ohne Fett.

Er tanzt ausgezeichnet. Du siehst ihn dir an....
Dann tritt zu euch beiden dein Mann.

Und du vergleichst sie in deinem Gemüte.
Dein Mann kommt nicht gut dabei weg.
Wie er schon dasteht – du liebe Güte!
Und hinten am Hals der Speck!

Und du denkst bei dir so: „Eigentlich....
Der da wäre ein Mann für mich!“

Ach, gnädige Frau! Hör auf einen wahren
Und guten alten Papa!
Hättest du den Neuen: in ein, zwei Jahren
Ständest du ebenso da!

Dann kennst du seine Nuancen beim Kosen;
Dann kennst du ihn in Unterhosen;
Dann wird er satt in deinem Besitze;
Dann kennst du alle seine Witze.
Dann siehst du ihn in Freude und Zorn,
Von oben und unten, von hinten und vorn...

Glaub mir: Wenn man uns näher kennt,
gibt sich das mit dem happy end.
Wir sind manchmal reizend, auf einer Feier....
Und den Rest des Tages ganz wie Herr Meyer.
Beurteil´ uns nie nach den besten Stunden.

Und hast du einen Kerl gefunden,
mit dem man einigermaßen auskommen kann:
Dann bleib bei dem eigenen Mann!

- Kurt Tucholsky

Der Hochzeitstag

Am Diamantnen Hochzeitstag beim Wein, da fiel der Oma manches ein.
Sie sprach zum Opa: „Lang ist´s her, die schönste Zeit, die kommt nicht mehr;
Das Leben ist kein Kinderspiel - verändert hat sich wirklich viel.
Früh'r machte es dir großen Spaß, wenn man ganz dicht beisammen saß."

„Das läßt sich ändern", meint er dann und rückte näher an sie ran.
„Und dann hast du mich, wie verrückt, auch immer fest an dich gedrückt ..."
Der Opa lächelt und ist froh, umarmt sie und fragt: „Etwa so ... ?"

„Erinnerst du dich", fuhr sie fort - betont bedächtig jedes Wort,
„wie äußerst zärtlich mir dein Mund, so manches mal in stiller Stund
am Hals entlanggefahren ist, bis du am Ohr gelandet bist ...
und dann behutsam, ohne Rast, am Ohrläppchen geknabbert hast ... ?"

Da sprang er auf mit wachem Sinn - die Oma ruft: „Wo rennst du hin?"
„Bin gleich zurück", entgegnet er, „denn ohne Zähne geht's nicht mehr ...!"

- Karl Pfeffer

Der Braut

Ohne Wasser würden wir verdursten, ohne Brot verhungern und ohne den Ehestand würde unser Leben kaum halb so angenehm sein. Wie glücklich sind Sie, beste Jungfer Braut, dass Sie sich in einen Stand begeben wollen, der auch von den wildesten Nationen für den glücklichsten gehalten wird. Ich als ordentlich installierter Schulmeister und Hochzeitbitter allhier zu Frankfurt und Sachsenhausen, empfinde darüber ein herzliches Vergnügen und schätze mich besonders glücklich, dass ich die Ehre habe, sowohl Ihnen, als auch respective dem Herrn Bräutigam, hierzu Glück wünschen zu können. Da nun, meine werte Jungfer Braut, Ihnen alles dieses bevorsteht, so verursacht mir dieses, wie billig, eine außerordentliche Freude in meinem schulmeisterlichen Herzen.

- Goethes Jugendfreund Horn an Käthchen Schönkopf

Das ganze Leben lang ist der Mensch auf der Suche nach einem Zuhause.
Das einzige Haus in dem er ewig wohnen kann, ist die LIEBE.

- unbekannt

Bei einer Trauung

Vor lauter hochadligen Zeugen
Kopuliert man ihrer zwei;
Die Orgel hängt voll Geigen,
Der Himmel nicht, mein Treu!

Seht doch! Sie weint ja gräulich,
Er macht ein Gesicht abscheulich!
Denn leider freilich, freilich,
Keine Lieb ist nicht dabei.

- Eduard Mörike

„... Die Liebe ist langmütig und freundlich,
die Liebe eifert nicht, die Liebe treibt nicht Mutwillen,
sie blähet sich nicht, sie stellet sich nicht ungebärdig,
sie suchet nicht das Ihre, sie läßt sich nicht erbittern,
sie rechnet das Böse nicht zu,
sie freuet sich nicht der Ungerechtigkeit,
sie freuet sich aber der Wahrheit,
sie verträgt alles, sie glaubet alles, sie hoffet alles,
sie duldet alles.
Die Liebe höret nimmer auf..."

- Apostel Paulus an die Korinther

Der gute Rat

Ein junger Mensch, der sich vermählen wollte,
Und dem man manchen Vorschlag tat,
Bat einen Greis um einen guten Rat,
Was für ein Weib er nehmen sollte?

„Freund“, sprach der Greis, „das weiß ich nicht.
So gut man wählt, kann man sich doch betrügen.
Sucht Ihr ein Weib bloß zum Vergnügen:
So wählet Euch ein schön Gesicht;
Doch liegt Euch mehr an Renten und am Staate,
Als am verliebten Zeitvertreib:
So dien ich Euch mit einem andern Rate,
Bemüht Euch um ein reiches Weib;
Doch strebt Ihr durch die Frau nach einem hohen Range:
Nun so vergesst, dass bessre Mädchen sind,
Wählt eines großen Mannes Kind,
Und untersucht die Wahl nicht lange;
Doch wollt Ihr mehr für Eure Seele wählen,
Doch für die Sinnen und den Leib:
So wagt's, um Euch nach Wunsche zu vermählen,
Und wählt Euch ein gelehrtes Weib.“
Hier schwieg der Alte lachend still.

„Ach!“ sprach der junge Mensch, „das will ich ja nicht wissen;
Ich frage, welches Weib ich werde wählen müssen,
Wenn ich zufrieden leben will?
Und wenn ich, ohne mich zu grämen“ –

„O!“ fiel der Greis ihm ein, „da müsst Ihr Keine nehmen“.

- unbekannt

Die sieben Schwüre

Ein Hochzeitslied

Gehst du mit mir
dann folge ich dir
an jeden Ort

Sprichst du mit mir
dann sage ich dir
mein schönstes Wort

Lebst du mit mir
dann teil' ich mit dir
mein Haus mein Brot

Weinst du mit mir
dann bleib' ich bei dir
in aller Not

Lachst du mit mir
dann geh' ich mit dir
auf jeden Tanz

Schläfst du mit mir
dann gebe ich dir
mich selber ganz

Träumst du mit mir
dann zeige ich dir
das Paradies

- Lothar Zenetti

Die Liebe zählt

Es zählen nicht die Jahre,
die Liebe zählt, in die du sie hüllst
und jedes offene, unschätzbare
Wir, in dem du dich geborgen fühlst.

Der Freunde herzliche Umarmung,
ihr „in die gleiche Richtung sehen“,
Vertrauen und Begeisterung
im Miteinander und Verstehen.

Es zählt das Licht, das du entzündest
mit hoffnungsfroher, leiser Hand,
erlesene Perlen, die du findest,
die kleine Blume am Wegesrand.

Ein heller Traum, der dich bewegt,
dir farbenfrohe Flügel leiht,
es zählt der Glaube, der dich trägt
durch Raum und Zeit.

- Emmy Grund

Du bist die Sonne

Du bist die Sonne, die nicht untergeht;
Du bist der Mond, der stets am Himmel steht;
Du bist der Stern, der, wenn die andern dunkeln
noch überstrahlt mit seinem Funkeln.
Du bist das sonnenlose Morgenrot;
Ein heit'rer Tag, den keine Nacht bedroht,
der Freud‘ und Hoffnung Widerschein auf Erden –
das bist Du mir, was kannst Du mehr noch werden!

- August Heinrich Hoffmann von Fallersleben

Ehepredigt

Weil nun der Ehestand ein kreuzreicher Stand ist, so müssen die Eheleute friedsam und einig miteinander leben. Wenn sie einander lieben, werden sie das Hauskreuz leichter tragen. Ja, so wird mir vielleicht ein Mann gern sagen wollen: Ihr habt gut predigen, ihr kennt die Weiber nicht.

O nein, so kommt ihr mir nicht aus, denn ihr Männer sollet mehr Witz haben als die Weiber, wissend, dass sie mit Liebe wollen regiert sein, nicht mit der Rute.

Willst du dein Weib nach deinem Kopf haben, so zeige ihr, dass du sie liebest so recht von Herzen. Lege sie in den Ofen deines vor Liebe brennenden Herzens. Wenn sie die Hitze der Liebe von dir empfinden wird, so wirst du sie um einen Finger wickeln mögen. Und wenn sie wirklich nicht allezeit nach deiner Pfeife tanzt – kann man nicht ein wenig nachgeben? Weißt du nicht, dass der ein Mann ist, der nachgeben kann? Das steht absonderlich dem Manne zu, der einen viel stärkeren Buckel dazu hat denn das Weib. –

Aber ihr Weiber, jetzt seid ihr dran! Wenn ihr euren Mann hernehmen müsst, vielleicht einmal, dann tut es erst mit freundlichen Worten: Mein Guter, mein Herzallerliebster, meine Tausendfreude ... und wenn ihr ihm das mit zärtlichen Gesten ins Ohr geflüstert habt, dann kommt heraus mit dem, was euch bedrückt.

- unbekannt (um 1700)

Es muß etwas Wunderbares sein

Es muß ein Wunderbares sein ums Lieben zweier Seelen,
sich schließen ganz einander ein, sich nie ein Wort verhehlen,
und Freud und Leid und Glück und Not so miteinander tragen,
vom ersten Kuß bis in den Tod sich nur von Liebe sagen.

- Oskar von Redwitz-

Ein Nagel saß in einem Stück Holz

Ein Nagel saß in einem Stück Holz.
Der war auf seine Gattin sehr stolz.
Die trug eine goldene Haube
Und war eine Messingschraube.
Sie war etwas locker und etwas verschraubt,
Sowohl in der Liebe, als auch überhaupt.
Sie liebte ein Häkchen und traf sich mit ihm
In einem Astloch. Sie wurden intim.
Kurz, eines Tages entfernten sie sich
Und ließen den armen Nagel im Stich.
Der arme Nagel bog sich vor Schmerz.
Noch niemals hatte sein eisernes Herz
So bittere Leiden gekostet.
Bald war er beinah verrostet.

Da aber kehrte sein früheres Glück,
Die alte Schraube wieder zurück.

Sie glänzte übers ganze Gesicht.
Ja, alte Liebe, die rostet nicht!

- Joachim Ringelnatz

Du befreist mich

nie hat mir ein mensch
die freiheit gegeben
die du mir gibst
und darum liebe ich dich

nie durfte ich unter menschen
so sehr der sein der ich bin
wie bei dir
und darum liebe ich dich

nie habe ich mich so entdeckt
wie in der freiheit
die du mir lässt
und darum liebe ich dich

- Ulrich Schaffer

Ein Herz voll Liebe

Ein Herz voll Liebe schenk ich dir,
du schenkst die Treue mir dafür.
Wo Lieb und Treue sich begegnet,
da haben Engel den Weg gesegnet.

- Maria Nels

Frau an meiner Seite

Dass es Dich gibt
an meiner Seite
seit vielen Jahren,
erklärt kein Stammbuch,
kein Fotoalbum.

Auch unsere Briefe,
gebündelt und gut verwahrt,
unser Atemhaus
und Gartenlabyrinth,
das wir uns erbauten.

All das greift zu kurz
und bleibt
bezweifelbar.

Und dennoch Haut an Haut
unsere Hände
und dennoch sicheren Schritts
mitten in Dein Geheimnis hinein,
mein täglicher Weg.

- Conrad Miesen

Gemeindebrief

Wir wünschen Euch Zeit.
Die Zeit, die Ihr braucht,
und die Zeit, die Ihr habt,
die Zeit, die vergeht,
und die Zeit, die Euch bleibt,
die Zeit für Euch selber
und die Zeit zu zweit.

Wir wünschen Euch Liebe.
Die Liebe, die Ihr gebet,
und die Liebe, die Ihr bekommt,
die Liebe, die Ihr fühlt,
und die Liebe, die Ihr wollt,
die Liebe des Anfangs
und die Liebe des Endes.

Wir wünschen Euch Streit.
Den Streit, der Euch fordert,
und den Streit, der Euch fördert,
den Streit, der Euch enttäuscht,
und den Streit, der Euch aufklärt,
den Streit um Nähe
und den Streit um Distanz.

Wir wünschen Euch Zärtlichkeit.
Die Zärtlichkeit, die Euch aufwärmt,
und die Zärtlichkeit, die Euch warm hält,
die Zärtlichkeit, die Euch einfängt,
und die Zärtlichkeit, die Euch auffängt,
die Zärtlichkeit des Spiels
und die Zärtlichkeit des Ernstfalls.

Wir wünschen Euch Glauben.
Den Glauben an Euch selbst
und den Glauben an den anderen,
den Glauben, der Euch Mut macht,
und den Glauben, der Euch tröstet,
den Glauben an die Zukunft
und den Glauben an Gott.

Wir wünschen Euch Freiheit.
Die Freiheit, die Euch entfesselt,
und die Freiheit, die Euch bindet,
die Freiheit, die Euch ablöst,
und die Freiheit, die Euch erlöst,
die Freiheit zum Ich
und die Freiheit zum Du.

Wir wünschen Euch Freude.
Die Freude, die Euch versetzt,
und die Freude, die sitzen bleibt,
die Freude, die Ihr Euch macht,
und die Freude, die Euch gemacht wird,
die Freude aneinander
und die Freude am Leben.

Wir wünschen Euch Freunde.
Die Freunde, die Ihr mögt,
und die Freunde, die Euch mögen,
die Freunde, die Ihr braucht,
und die Freunde, die Euch brauchen,
die Freunde von früher
und die Freunde von später,
und wir wünschen uns:
Eure Freunde zu sein.

- Conrad M. Siegers

Glaubensbekenntnis

Ich glaube, dass Liebe Unmögliches schafft.
Ich glaube an ihre unendliche Kraft.
Ich glaube, solange die Erde besteht,
dass niemals ein Tag ohne Liebe vergeht.
Ich glaube, dass selbst noch die unheile Welt
bisweilen aus Liebe den Atem anhält.
Ich glaube, dass Liebe uns retten könnte,
wenn Einsamkeit droht und Gefahr.
Ich glaube, dass jeder nach Liebe sich sehnte,
spräche er ehrlich und wahr.
Ich glaube, dass Liebe ganz leise und sacht
schon mancherlei Wunder hat heimlich vollbracht.
Ich glaube, dass Liebe die Wege findet,
welche wir suchen in Not.
Ich glaube, dass Liebe die Wunden verbindet
und uns ernährt – mehr als Brot.
Ich glaube, dass Liebe noch glaubwürdig ist,
selbst wenn du lächelst und zweiflerisch bist.
Ich glaube, dass Gott alle Sünden vergibt,
wenn er nur weiß, du hast wirklich geliebt.

- Elli Michler

Es gibt nur eine Großmacht auf Erden – das ist die Liebe!

Pflicht ohne Liebe macht verdrießlich.
Verantwortung ohne Liebe macht rücksichtslos.
Gerechtigkeit ohne Liebe macht hart.
Wahrheit ohne Liebe macht kritisch.
Erziehung ohne Liebe macht widerspruchsvoll.
Klugheit ohne Liebe macht gerissen.
Freundlichkeit ohne Liebe macht heuchlerisch.
Ordnung ohne Liebe macht kleinlich.
Sachkenntnis ohne Liebe macht rechthaberisch.
Macht ohne Liebe macht gewalttätig.
Ehre ohne Liebe macht hochmütig.
Besitz ohne Liebe macht geizig.
Glaube ohne Liebe macht fanatisch.

Wehe denen, die an der Liebe geizen;
sie tragen Schuld daran, dass die Welt
schließlich an Selbstvergiftung zugrunde geht.

Was lebst du, wenn du nicht lieben kannst?

- unbekannt

Ich will mit dem gehen, den ich liebe

Ich will mit dem gehen, den ich liebe.
Ich will nicht ausrechnen was es kostet.
Ich will nicht nachdenken, ob es gut ist.
Ich will nicht wissen, ob er mich liebt.
Ich will mit ihm gehen, den ich liebe.

- Bertold Brecht

Ich möchte Dich lieben

Ich möchte Dich lieben,
ohne mich anzuklammern.
Dich schätzen,
ohne Dich zu bewerten.
Mit Dir zusammen sein,
ohne Deine Grenzen zu verletzen.
Dich einladen,
ohne von Dir zu fordern.
Dich verlassen,
ohne Schuldgefühle zu bekommen.
Dich kritisieren,
ohne anzuklagen.
Dir helfen,
ohne Dich zu beleidigen.

Wenn ich das Gleiche auch von Dir bekommen kann,
dann können wir uns wirklich begegnen
und uns gegenseitig bereichern.

- Virginia Satir

Komm, lass uns miteinander reden

Komm, lass uns miteinander reden
Bevor das Schweigen beginnt
Offenheit ist mehr als Beten
Wenn wir erst stumm geworden sind.

Komm, lass uns miteinander reden
Wir können lernen dabei
Vielleicht entdecke ich an dir
Und du an mir
Manche längst verblassten Farben neu.

Ich hab dich lieb, das weißt du
Ja, das weißt du viel zu gut
Deshalb machst du dir um morgen
Und um vieles keine Sorgen
Es zu gestehn, dazu fehlt dir der Mut.

Du hast mich lieb, das weiß ich
Doch ich fühle es nicht mehr
Deine Worte, deine Blicke
Sind wie eine morsche Brücke
Ich hab Angst, sie stürzt dich ins tiefe Meer.

- Ulrich Schaffer

Leben und Lieben

Lass dir Zeit - Zeit zum Leben
Zeit zum Loben
Zeit zum Lieben

Dein Leben ist lebenswert
Dein Leben ist lobenswert
Du bist liebenswert

Lass deine Liebe Wurzeln schlagen!

In deinen Augen kann ich mich spiegeln – sehe ich dich?
An deine Brust kann ich mich schmiegen – bist du geborgen?
Deinen Mund kann ich küssen – spürst du mich?
Deine Hand kann ich fassen – führst du mich?
Mit dir kann ich leben – weil du mich liebst.

Lass unsere Liebe Wurzeln schlagen!

- unbekannt

Lieben – ein Fest der Sinne

Liebe will sehen, schauen und staunen: So bist du!
Gut, dass es dich gibt! Im Spiegel deines Blicks
sehe ich mich selbst anders als früher. Du verstehst mich,
meine Vorzüge, Fehler und Schwächen.

Liebe kann den anderen riechen mit seinen Eigenarten und Gewohnheiten:
Du, ich mag dich, dein Temperament, deinen Typ.
Das alles nehme ich wahr: den Geruch, der dir eigen ist.
Ich möchte dich annehmen, wie du bist.

Liebe fühlt sich wohl, fühlt sich ein in den Partner,
wird sensibel und feinfühlig.
Im Leib des anderen zugleich den eigenen spüren:
In dir fühle ich mich wohl – und dich spüre ich bis an mein Herz.

Kostbare Liebe will sich hingeben, den Partner schmecken
- mit allen Sinnen – seine Liebe kosten:
Du – auf meinen Lippen schmecke ich unsere Lust.

Liebe hört zu, hört auf den Partner: Ob ich lerne,
allmählich auch deine Untertöne heraus zu hören?
Wir wollen doch zusammen gehören.

DU und ICH – auf dem Weg zum WIR

- unbekannt

Liebe ist ...

Liebe ist, 1000x Ja zu sagen, und es immer neu zu wagen.
Liebe ist, trotz Enttäuschung vertrauen, täglich ein Haus auf Sand zu bauen.

Liebe ist, Ungesagtes verstehen, auf Probleme des anderen einzugehen.
Liebe ist Mögen von Kopf bis Zehen und über Fehler hinwegzusehen.

Liebe ist Nichts ohne weite Herzen, sie braucht die Luft wie die Flamme der Kerzen.
Liebe erlischt ohne Achtung vorm andern, und sie muß über Täler und Höhen wandern.

Liebe ist, leidenschaftlich zu hassen und auch, den anderen freizulassen.
Liebe ist, Bäume in Wüsten pflanzen, auf verlorenem Posten gemeinsam zu tanzen.

Liebe ist, 1000x Ja zu sagen ...

- Sabine Schöck

Liebe ist:

wie eine Melodie von Mozart
wie die Morgendämmerung nach einer schlaflosen, zerquälten Nacht
wie ein zündender Funke
wie eine Blanko-Unterschrift
wie ein kurzer Blickkontakt inmitten einer anonymen Menschenmenge
wie eine Blume auf einer Schutthalde
wie ein süßes, berauschendes Getränk
wie eine Kerze in einer hohlen, kalten Baracke
wie ein hübsch verpacktes Geschenk, das ich noch nicht öffnen darf
wie Tautropfen in der Morgensonne
wie Öl für einen Motor
wie ein Traum vom Glück, das nie ein Ende hat.

- unbekannt

Liebeserklärung

ein herz
ist zu schwach
die zeit
zu bestehen

zwei augen
zu wenig
die welt
anzusehen

zwei hände
reichen nicht aus
ein haus
sich zu bauen

drum hab ich
zwei herzen
die zeit
zu bestehn

drum hab ich
vier augen
die welt
anzusehen

drum hab ich
vier hände
das haus
uns zu bauen

ich
wär hier
zuviel
unter vielen
auf erden

wärst
du
nicht genug
mir
zum himmel
zu werden

- Wilhelm Willms

Meine kleine Liebe

Ich möchte eine kleine Liebe finden,
die große Liebe muss es gar nicht sein.
Ich würde ehelich mich mit ihr verbinden
und dann wäre diese kleine Liebe mein.

Die große Liebe ist mir zu dramatisch.
Sie spricht vom Tod und will die Ewigkeit.
Die kleine ist dagegen recht sympathisch;
sie teilt mein Leben und sogar mein Leid.

Sie würde jeden Abend auf mich warten
mit einer Freude, die mich reich beglückt
und einen Blumenstrauß aus unserem Garten,
den sie am Nachmittag für mich gepflückt.

Sie würde mit mir durch die Stuben gehen,
die kleinen Sorgen teilen, die ich hab.
Sie würde freundlich nach dem Rechten sehen
und alles liest sie von den Augen ab.

Sie würde mir ein Leben lang vertrauen.
Die kleinen Fehler würde sie nicht sehen.
Und wenn wir dann am Ende rückwärts schauen,
wüsst' ich wie Du: Sie war doch groß und schön.

- unbekannt

Rezept für eheliches Glück

Man nehme eine große Glasschüssel
und schütte als erstes
zwei bis drei Pfund Hoffnung hinein.

Dann nehme man:
- ein Kilo kleiner Aufmerksamkeiten und Gefälligkeiten,
- ein Maß Güte,
- eine Menge Vertrauen,
- beliebig viel Frohsinn,
- vier bis fünf Kännchen Gehorsam,
- fünf bis sechs Pfund Milde,

und vermenge alles miteinander.
Um einen faden Geschmack zu vermeiden,
gebe man guten Mutes
ein Milligramm Verrücktheit hinzu.

Salz nehme man bitte nur ein Körnchen.
Nimmt man mehr als eins,
braucht man hinterher Geduld für zwei.
Das Ganze ist mit gleichmäßiger Wärme
auf kleiner Flamme zu backen,
damit Liebe und Freundschaft
erhalten bleiben.

Man bekommt auf diese Weise
einen köstlichen Blätterteigkuchen,
von dem ein Stückchen jeden Morgen
genügt, um das Leben zu verschönern!

- aus dem Französischen

Selig die Zärtlichkeiten

Selig, die aufmerksam sind und dem anderen zuhören;
sie werden immer mehr zueinander gehören.

Selig, die eigene Schwächen akzeptieren
und die des anderen zu verstehen suchen;
sie werden Angst abbauen und Vertrauen gewinnen.

Selig, die über sich selbst lachen können;
sie werden frei und gelöst mit anderen leben.

Selig, die sich immer mehr einfühlen in den anderen;
ihre Liebe geht unter die Haut.

Selig, die sich öffnen für die Eigenarten des anderen;
sie werden überrascht eine neue Welt wahrnehmen.

Selig, die sich trotz aller Enttäuschungen treu bleiben;
Gott hält zu ihnen und schaut sie freundlich an.

Selig, die sich mit all ihren Sinnen liebkosen;
im Reigen der Sinne ist Gott mit im Spiel.

Selig, die sich hingeben, um den Partner glücklich zu machen;
sie werden dankbar seine Liebe spüren.

Gott liebt die Zärtlichkeiten.
Er nimmt sie in Schutz wie ein guter Freund.

- unbekannt

Vaterwunsch für seine Tochter

Ich wünsche Dir einen Mann,
der Dich liebt so wie Du ihn liebst,
der Dich liebt mit seinem Körper,
seiner Seele und mit seinem Herzen,
der Dich annimmt so wie Du ihn annimmst,
der Dich achtet als Frau und als Mensch,
der Dir geschenkt und anvertraut wird,
der die Trauung als ein geheiligtes Versprechen empfindet.

Ich wünsche Dir einen Mann,
der Verantwortung trägt für Dich und für Eure Kinder,
der zärtlich ist, der mit Dir offen lachen
und mit Dir weinen kann,
einen Mann, der seine Gefühle nicht in sich versteckt,
sondern sie in Deinen Gefühlsreichtum mit einbringt,
so werdet Ihr Eure Umwelt erfühlen und erfüllen.

Ich wünsche Dir einen Mann,
der klug genug ist, Dir Deine Freiheit zu lassen,
die innere Freiheit, die Du brauchst,
um die Geborgenheit nicht als Fessel zu empfinden,
einen Mann, der Dich in Deinem Wunsch nach Schönheit
bestärkt, der mit Dir Kunst erlebt und gestaltet,
der begeisterungsfähig ist für die Schöpfung,
der sich mit anderen für den Schutz der Schwachen einsetzt.

Ich wünsche Dir einen Mann,
der an Dich glaubt und Dich auffängt, wenn Du
schwach bist,
der Hand in Hand mit Dir durch die Welt geht
und Euer Zusammenleben als ein Geschenk begreift.

Ich wünsche Dir und Deinem Mann,
Gottes Gnade und Segen für Euren Bund,
auf dass Ihr das Versprechen, das Ihr Euch gegeben habt,
als Pfand begreift für den Eintritt in die Ewigkeit.

- unbekannt

Was es ist

Es ist Unsinn
sagt die Vernunft
Es ist was es ist
sagt die Liebe

Es ist Unglück
sagt die Berechnung
Es ist nichts als Schmerz
sagt die Angst
Es ist aussichtslos
sagt die Einsicht
Es ist was es ist
sagt die Liebe

Es ist lächerlich
sagt der Stolz
Es ist leichtsinnig
sagt die Vorsicht
Es ist unmöglich
sagt die Erfahrung
Es ist was es ist
sagt die Liebe

- Erich Fried

Was ist Liebe?

Für alle ein – Hauptwort,
Für junge Leute ein Verhältniswort,
Für Verehelichte ein Bindewort,
Unter Umständen ein Umstandswort,
Für Ungetreue ein Zeitwort,
Für Kavaliere ein Zahlwort,
Und für Alte ein Fremdwort.

- unbekannt

Liebe ist wie ein Verkehrsunfall

Liebe ist wie ein Verkehrsunfall: man wird angefahren und fällt um.
Entweder überlebt man oder nicht.

- Juliette Gréco

Ich dachte, es wäre mein Mann

Der französische Außenminister Robert Schumann wurde einmal gefragt, warum er nicht geheiratet habe.
„Vor langer Zeit", antwortete er, „als ich einmal in der U-Bahn fuhr, trat ich zufällig einer Dame auf den Fuß. Bevor ich mich noch entschuldigen konnte, kreischte sie los: Trottel, kannst du denn nicht aufpassen, wo du hintrampelst! Dann sah sie mich an, errötete und rief aus: Oh, entschuldigen Sie bitte, mein Herr, ich dachte, es wäre mein Mann"!

- unbekannt

Wünsche einer Mutter an ihren Sohn

Ich wünsche dir eine Frau, die dich annimmt.
Nicht nur in den Stunden der Zärtlichkeit
und Freude, sondern auch in deiner Fremdheit
und in deinem Versagen.

Ich wünsche dir eine Frau,
zu der du nach Hause kommen kannst,
wenn du beschwert bist
von Misserfolgen und Niederlagen,
und wenn du dich selbst nicht mehr leiden kannst.

Ich wünsche dir eine Frau, die dich versteht,
auch wenn sie dein Verhalten
nicht gut heißen kann.
Eine Frau, die dir aufrichtig
ihre Überzeugung sagt
und dich dabei ihre Liebe so spüren lässt,
dass sie dich befreit zur Änderung deines Lebens
und für einen neuen Anfang.

Ich wünsche dir eine Frau, die dich herausfordert
zu Ritterlichkeit und Fairness
allen Menschen gegenüber, auch jenen,
die schwach und alt und verachtet sind
in unserer Gesellschaft.

Ich wünsche dir eine Frau, die mit dir
über eure Zweierschaft hinaus sucht
nach der größeren Gemeinschaft
mit euren Mitmenschen
und nach der größten und tiefsten Gemeinschaft,
die es gibt, nach der Gemeinschaft mit Gott.

Ich wünsche dir eine Frau,
die ihren Glauben nicht verleugnet,
wenn du oder andere zweifeln oder kritisieren,
und die dich dennoch lieb behält
und dich herausliebt aus deinen Dunkelheiten.

Ich wünsche dir eine Frau,
die ihre eigene Armut vor dir zugeben kann
und nicht zu stolz ist,
für ihr ganzes Leben und die Gemeinschaft mit dir
Gott zu danken.

- unbekannt

Überdreht

Nun bin ich wieder überdreht
wie eine Zirbelkiefer.
Ein Sog, der schnell nach unten geht,
er zieht mich immer tiefer.

Ich schlafe schlecht, ich denk zu viel
und werde immer müder.
Es wird zur Last was sonst ein Spiel,
mein Mut wird trüb und trüber.

Ich weiß schon, was mich heilen kann:
Es wären ein paar Stunden
mit Dir in Ruh, mein lieber Mann,
spazieren mit den Hunden.

Gut essen, ruhen neben Dir,
mal reden und mal schweigen.
Am Abend noch ein kleines Bier,
sich Zärtlichkeiten zeigen.

Du bist für mich die Medizin,
die Insel, Pol und Friede.
Du rückst zurecht mir meinen Sinn,
beschneidest „Wassertriebe".

Ich weiß es schon, ich brauche Dich;
nicht stets wie eine Klette –
doch immerhin bist du für mich…
ach, wenn ich Dich nicht hätte.

- Sabine Schöck

Ich glaube an uns ...

Ich möchte, dass Du weißt,
dass ich an uns
und all die Dinge glaube,
die unsere Liebe so schön
und einzigartig machen.

Ich glaube an Dich,
an den fürsorglichen, liebevollen
und verständnisvollen Menschen in Dir.

Ich weiß, dass ich mich auf Dich
verlassen kann und Du mir hilfst,
einige meiner Probleme zu lösen.

Ich glaube an unsere Liebe,
denn unser Zusammenleben wird
mit jedem Tag schöner
und unser Vertrauen wächst
mit jeder Minute, die wir teilen.

Ich möchte, dass Du weißt,
dass ich immer für Dich da sein werde.

- unbekannt

Zur goldenen Hochzeit

Golden, silbern, eisern, ehern nennt die Alter man der Welt,
und zum niedern von dem höhern schreitet fort sie, wird erzählt.

Doch der Mensch in unsern Tagen sieht die Alter sich verkehrt:
Jugend, die schon Sorgen plagen, zeigt nur eisern ihren Wert.

Erzgewappnet geht das Leben, selbst die Liebe wird zum Streit,
und dem stets erneuten Streben liegt der Ruhe Glück so weit.

Erst nach durchgekämpften Jahren lacht das Schicksal wieder hold,
und mit Silber in den Haaren wird die Zeit, die Ehe -Gold –

- Franz Grillparzer

Vom Zusammenleben

Ein junges Mädchen und ein junger Mann wollten heiraten und gingen zu einem erfahrenen Meister, damit sie seinen Rat einholten, wie sie miteinander umzugehen hätten als Eheleute. „Behutsam wie die Stachelschweine sollt ihr einander begegnen", lautete sein Rat. „Das Leben ist kalt geworden, und aus den Dingen schwindet die Wärme", fuhr er fort, „darum nehmt euch ein Beispiel an den Stachelschweinen, wie sie sich auf den Winterschlaf vorbereiten. Rücken sie zu eng zusammen, stechen sie einander auf das Heftigste; lagern sie sich zu weit voneinander weg, laufen sie Gefahr zu erfrieren. Die Liebe der Stachelschweine kennt die rechte Mitte von wärmender Nähe und kühlender Distanz".

- Herbert A. Gornik

Wenn der große Bruder oder die große Schwester sich verlobt

Zur Verlobung wünsch ich dir
Glück und Segen für und für.
Bisher warst du ganz allein,
doch ab heute geht's zu zwein.
Machst alleine keinen Schritt,
immer geht dein Schatten mit,
der dich aber nicht bewacht,
der dir's Leben leichter macht.
Ziehen zwei an einem Strang,
ziehen sie ein Leben lang,
ohne sich im Streit zu trennen,
deshalb solltet ihr euch kennen,
wenn ihr diesen Schritt nun wagt.
Doch ich glaub, dass ihr nie klagt,
denn ihr seid euch herzensgut,
habt die Kraft und habt den Mut,
um gemeinsam zu bestehen:
Mög's euch immer wohl ergehen!
Lieber Bräutigam, liebe Braut,
vorwärts! Nicht zurück geschaut,
Glück und Freude, ist doch klar,
wünsch ich euch für siebzig Jahr!

- unbekannt

Was ist das?

Es ist klein und bescheiden und drängt sich niemals in den Vordergrund.
Es ist still und zurückhaltend.
Es kennt keine grellen Farben und keine ohrenbetäubende Lautstärke.
Es ist niemals die Nummer Eins, weil immer andere vor ihm sind und ihre Vorzüge anpreisen.
Es ist nicht zeitgemäß, weil es nichts für sich will und alles für andere.

Es kann Herzen heilen und Völker verbinden.
Es kann Hoffnung schenken, wenn keiner mehr daran glaubt.
Es kann tiefe Freude ermöglichen.
Es kann die geballte, harte Faust dazu bringen, sich zu öffnen.
Es kann Feindschaften überwinden und Gedankenlosigkeit beenden.
Es kann mein Leben völlig verändern.

Was ist das? Es ist die Liebe.

- unbekannt

Was am Ende zählt

Ist nur Liebe:
Lebe heute mit deinem Partner so, wie du am Ende deines Lebens
Dir wünschst, mit ihm gelebt zu haben.
Ein Vorsatz, den Rabindranath Tagore formuliert hat:
„Wenn der Tod zu mir kommt, will ich sagen:
Ich habe in der Liebe gelebt und nicht in der Zeit.“

- unbekannt

Weil du einmalig bist

Nimm dich an.
Sei du die, die du bist.
Sei du der, der du bist.
Erst dann fängst du an, zu werden,
was du sein möchtest.

Versteh deine Schwächen,
erst dann kannst du mit ihnen arbeiten
und sie zu Stärken verwandeln.
Setz deine Stärken so ein,
dass du noch zerbrechlich bleibst,
und niemand unnötig abschreckst.
Achte auf deine Unsicherheiten,
sie öffnen dir den Weg in neues Land.

Auch deine Schmerzen und Ängste
sind ganz deine eigenen.
Niemand erlebt sie so wie du.
Doch durch sie wirst du verstehen,
warum andere so leiden.

In deinen Schmerzen und Ängsten
sind Möglichkeiten und Angebote,
die Tiefe des Lebens zu begreifen.
Du lebst nicht allein.
Sprachlos leiden viele um dich
und wünschen sich sehnlichst
die Stimme eines Menschen,
der sich selbst entdeckt hat
und etwas versteht von den Zusammenhängen
zwischen Leiden und Wachsen.

Geh in deine Schmerzen und Ängste.
Wenn du sie verstehst,
bist zu andern ein Stück näher.

Niemand hat deine Fingerabdrücke.
Niemand hat deine Stimme.
Niemand sagt so „ich liebe dich“ wie du.
Niemand glaubt wie du.
Niemand denkt so ans Sterben wie du.
Niemand hat deine Geschichte.
Niemand spürt die gleiche Trauer,
das gleiche Glück
wie du.

Niemand ist wie du.
Niemand in deinem Land,
auf deinem Kontinent,
auf dem dritten Planeten dieses Sonnensystems,
in der Galaxie,
die wir die Milchstraße nennen.
Niemand,
weil du einmalig bist.

- Ulrich Schaffer

Was ist wichtig im Leben?

“Was ist wichtig im Leben?“,
wirst du dich manchmal fragen.
Und vielleicht fällt dir eine lange Liste
von unterschiedlichen Begriffen ein.
„Wirklich alles wichtig?“, hakst du nach.
Und du beginnst nachdenklich
einen Begriff nach dem anderen
zu streichen.
„Was ist wirklich wichtig?“,
fragst du und schaust auf die Liste.
Und dort stehen nur noch diese Worte:
dass ich liebe und geliebt werde.

- unbekannt

Die Ballade der Trauben

Wenn der Sommer geht zur Neige
und der Herbst tritt durch das Tor,
schwingt Gott Bacchus seine Geige
und es singt ein Engelchor.

Fröhlich durch den Weinberg streifend
fiedelt er ein lustig Lied
und den Beeren, welche reifend,
drückt er Öchsle in's Geblüt.

Golden strahlt das Rebgefieder,
zeigt verschwenderisch die Pracht,
Mücken tanzen auf und nieder,
des Oktobers Sonne lacht.

Einst erhob vom Erdenstaube
Noah sie mit heit'rem Sinn,
und so glänzt voll Lust die Traube
als die Spätjahrskönigin.

An des Mittelmeers Gestaden,
wo sie aus dem Boden spross,
sangen Götter ihr Balladen,
Eros und Dionysos.

Eingetreten nun ins Leben
als ein freudiges Symptom,
wanderte sie hin nach Theben,
nach Jerusalem und Rom.

So war vor viel tausend Jahren
sie schon Lebenselixier,
und die römischen Cäsaren
brachten sie nach Mainz und Trier.

Seitdem wachsen Rebenranken
in Germania voll Lust,
ob in Baden, Schwaben, Franken,
schwellen stolz sie ihre Brust.

Und im Herbst, wenn sich die Wälder
schmücken gülden oder rot,
dann erscheint des Winzers Kelter,
und sie sinken in den Tod.

Abgeschnitten von der Schere
endet kummervoll ihr Sein,
doch danach als Neukarriere
steigen sie an's Licht als Wein.

Mit Dionysos im Bunde
und dem Bacchusmadrigal
feiern sie in dieser Stunde
überschäumend im Pokal.

Wenn die Geister sich erheben,
ist der Himmel selbst entzückt,
und so ist der Saft der Reben
längst ein göttliches Relikt.

\- Lothar Herrmann

Die Blüte hat ihn aufgeregt

Was duftet von der Berge Haupt
so tief ins Tal hinab?
Die Rebe ist's, die neu belaubt
sich blühend hebt am Stab.

Was regt sich in des Hauses Grund,
in den Gewölben tief?
Der Wein ist's, der in Fasses Rund
schon längst gebunden schlief.

Die Blüte hat ihn aufgeregt,
der Duft im Heimatland,
dass er, von Sehnsucht tief bewegt,
will sprengen jetzt sein Band.

Zwingherren, Freunde, sind wir nicht,
bringt die Pokale her!
Und lasst den Armen jetzt ans Licht,
wie er es wünscht so sehr!

Seht, wie mit tausend Augen er
die Heimat schaut entzückt,
aus der die Rebe blütenschwer
ihm in die Augen blickt!

Er braust, er singt: Willkommen du,
o Heimat voller Licht!
Und jetzt, ihr Lieben, trinkt nur zu!
Ich bin der Letzte nicht!

- Justinus Kerner, „Trinklied im Juni“

Die sieben Weingeister

In jedem Weine, alter Freund,
hat uns der Weltenmeister,
was unzweideutig gut gemeint,
hinein gegeben sieben Geister.

Den ersten Geist man Großmut nennt.
Der schöpft gern aus dem Vollen.
„Das nächste Fass auf, Wirt, behänd!"
Auf, lasst den Rubel rollen.

Der zweite Geist ist auch nicht weit
bei Alten und bei Jungen.
Ich meine die Redseligkeit.
Man spricht mit flinken Zungen.

Den dritten Geist heiß ich Humor.
Er lässt Pointen blitzen,
lockt Heiterkeitsgelächter vor,
wenn wir zusammen sitzen.

Der vierte Geist ist Sangesfreud
und lässt das Lied erschallen
in Kellern tief und Hallen weit,
dem Bacchus zu Gefallen.

Der fünfte Geist, die Fantasie,
lässt uns manch Schlösser schauen,
die wir in Nüchternheit sonst nie
so prächtig würden bauen.

Der sechste Geist ist Sinnenlust.
Der lockt und will betören.
Mit Schmusemund und Weiberbrust
weckt er das Triebbegehren.

Der siebte Geist heißt Seligkeit.
Der weiß uns zu erheben
und lässt in Schwerelosigkeit
uns über Wolken schweben.

So zeigt der Wein sich als ein Trank
mit „Geistern" wohl versehen,
die siebenfach und abendlang
des Menschen Kopf verdrehen.

Darum, mein Freund, zum Mund das Glas!
Was soll ich noch dozieren?
Lass uns den Wein, das edle Nass,
und drin die Geister spüren.

- Fritz Hans Rückel

Federweißer

Im bunten Herbst, so reich an Gaben,
erstrahlt die Flur im schönsten Kleid;
die Zeit der Lese stimmt erhaben,
schenkt sie uns doch erfüllte Zeit.

Der Trauben goldne Beeren prangen
im bunt gezackten Blätterwald,
mit grünen, gelben, roten Wangen,
nun herbstgekrönt. – Wie bald! Wie bald.

Weht durch des Weindorfs alte Gassen
verführerisch des Mostes Duft.
Und ihre Geister nicht mehr lassen –
horch! Wer da tief im Keller ruft.

Ist´s nicht ein alter Freund, der leise
und wundersam im Faß sich regt?
Der tückisch süße Federweiße
schon wieder seine Fallen legt!

Wer wollte nicht dem Treiben lauschen,
wenn stürmisch er zum Weine drängt?
An seinem Feuer sich berauschen,
was ihn zum Allerhöchsten lenkt.

So wandelt sich, uns zum Gefährten,
auf zugeneigter Kellerflur,
was nie versiegen mag auf Erden
als Teil – auch unserer Natur.

- Wilfried Hilgert

Her mit dem Wein!

Auf, Brüder, lasst uns trinken!
Was warten auf die Nacht!
Schon ist der Tag im Sinken –
her, was uns fröhlich macht!
Her den vollen, den schäumenden Becher,
den Freudebringer, den Sorgenbrecher,
her mit dem Wein,
Bruder, schenk ein,
lasst uns trinken und fröhlich sein!

Bacchus hat ihn gegeben,
dass er uns Tröster sei.
Von allem, was das Leben
bedrückt, macht er uns frei.
Drum her den vollen, den schäumenden Becher,
den Freudebringer, den Sorgenbrecher,
her mit dem Wein,
Bruder, schenk ein,
schenke ein Glas mir ums andere ein!

- Alkaios (K. Preisendanz)

Herr Durst

Herr Durst ist ein gestrenger Mann,
Der lässt sich gar nicht foppen:
Ob's Wetter gut ist oder schlecht,
Er geht nicht ab von seinem Recht,
Er fordert seinen Schoppen.

Und wer ihm den nicht geben will,
Den quälet er tagtäglich,
Er quält ihn hier, er quält ihn dort,
Er quälet ihn in einem fort
Und quält ihn ganz unsäglich.

Da gilt kein Ansehn der Person,
Nicht Stand noch Würd und Ehren:
Herr Durst, der kehrt bei allen ein,
Bei reich und arm, bei groß und klein,
Und niemand kann's ihm wehren.

Ihn rührt kein Ernst, ihn rührt kein Spaß,
Kein Pfeifen oder Singen.
Ihr könnt ihn nicht durch Spott und Hohn,
Ihr könnt ihn nicht durch Schmähn und Drohn
Von seiner Fordrung bringen.

Drum macht's wie ich: ich bin bereit,
Sein Schöpplein ihm zu zollen.
Und lässt er mich dann nicht in Ruh,
Trink ich ihm noch ein Zweites zu,
Dann hört er auf zu schmollen.

- August Heinrich Hoffmann von Fallersleben

Im Wein sind Mühe

Im Wein sind Mühe, Winzers Fleiß,
sind Sonne, Sorg' und Schweiß,
im Wein ist Erde neu erstanden,
im Wein ist Geist aus Väters Landen.
Im Wein ist Schöpfung, Hoffen, Bangen,
sind Jahre eingefangen.
Im Wein sind Wahrheit, Leben, Tod.
Im Wein sind Nacht und Morgenrot
und Jugend und Vergänglichkeit.
Im Wein ist Pendelschlag der Zeit.
Wir selbst sind Teil von Wein und Reben,
im Weine spiegelt sich das Leben.

- Roland Betsch

Trinkspruch

Freunde protzt nicht wie ein Eber, wenn ihr ein paar Gläschen leert.
Denkt doch mal an eure Leber. Die ist schließlich auch was wert.

Doch wenn euch die Leber wurst ist nach dem hundertelften Schluck
Und euch immer noch nach Durst ist: auch die Niere macht gluckgluck.

Doch wenn auch die Niere keine Warnung vorm Promillesport,
hört das Lied der Gallensteine: Schnaps, das war sein letztes Wort.

Aber wenn selbst dies vergebens dröhnt wie ein Gesangsverein,
denkt ans Heiligste des Lebens: denkt an euren Führerschein.

- Mia Jertz

Positive Beziehungen spätrömischer Damen zum Wein

Bald stießen auch Damen zur Saufkumpanei:
Martial erwähnt eine Ida,
Die schaffte zwei Maß, und Frau Lyka trank drei,
Und viere die liebliche Lyda,
Magulla trank fünf und Justina trank sechs,
Doch Naevia war eine Panne:
Sie teilte ihr Bett total ohne Sex
Mit der Kanne anstatt mit dem Manne!

Die Musen rochen schon morgens nach Wein,
Und auch die Großen auf Erden,
Sie gossen nur Wein und nie Wasser sich ein –
Sie sagten, um älter zu werden.
So hielt es auch Julia, die Kaiserin,
Und wenn da auch Skeptiker waren:
Sie starb im seligen Rausche dahin
Mit siebenundachtzig Jahren.

Hetären stellten den Wein auf ein Brett
Direkt über's Dampfbad, das heiße,
Und hatte der Wein erst ihr Körperbukett,
Erzielte er haushohe Preise.
Das Brett war „Apotheke“ benannt,
Drum sind bis zum heutigen Tage
Die Apothekerpreise bekannt,
Und die sind bestimmt keine Sage!

„Auch ward dieser Wein noch mit Lilien versetzt“,
So schreibt ein erfahrener Grieche,
„Damit eine Dame, die Sauberkeit schätzt,
Aus jeglicher Öffnung gut rieche!“
Gepflegter Wein, gepflegter Leib
Als Werbeslogan für Seife –
Das gab dem Wein und das gab dem Weib
In Rom erst die richtige Reife!

Zwar war Fräulein Spes (was „Hoffnung" heißt)
Nur Kellnerin im Lupanare,
Doch war sie, wie noch eine Inschrift beweist, Pompejis
Geschätzteste Ware:
„Ein As zahlt man hier pro Dame und Nacht
Für Wein plus sonst'ge Bemühung –
Doch bei Fräulein Spes, da kostet es acht,
Von wegen der guten Erziehung!"

Sie hat eben alles so artig gereicht –
Und heutige Pädagogen,
Die haben daraus, auf Logik geeicht,
Die richtige Lehre gezogen:
„Zum guten Weine der gute Ton!"
Heißt's auch in der Lastergrube –
So lohnt sich bei jeglicher Profession
Die gute Kinderstube!

- unbekannt

Ratschlag für gutes Trinken

O trinke nie, um etwas zu vergessen,
es sinkt nur um so schwerer in dich ein.
Und trinke lieber bei und nach dem Essen.
Zuerst ein klarer Schnaps. Dann Bier, dann Wein.

Viel besser ist, beim Trunk sich zu erinnern.
Die Seele spinnt, wenn man gelassen säuft,
ein zart Gewebe, gleich den Seidenspinnern,
dieweil die Rede hin und wieder läuft.

Es ist auch manchmal gut, zu zwein zu trinken
und sich die höchste Freude anzutun,
bis dann die Leiber auf ein Lager sinken,
wo sie gesättigt miteinander ruhn.

Am besten trinkt sich's in verwandtem Kreise
um einen Tisch gesellt, daran man lang
und müßig sitzt, mit faulem Fleiße
einander steigernd bis zum Pansgesang.

Vermeide stets, dich einsam zu besaufen,
und lass es bleiben, wenn du traurig bist.
Doch lass getrost dich voll und voller laufen,
wenn dir so ist, wie mir es immer ist.

Hör auf, wenn dir im Kopf die Bienen sausen.
Hör auf, wenn Ärger oder Scham dich plagt.
Doch segne jenes ungeheure Brausen
windstiller Nächte, kurz bevor es tagt.

Dann mag geschehen, während Fensterscheiben
wie Gletscher glühn im ersten Morgenstrahl,
dass Bilder dir und Worte sich verleiben
wie eine unverrückbar heilige Zahl.

- Carl Zuckmayer

Rheingauwanderung

Einst ging ich als ein Wandersmann
in Rheines Gau spazieren,
die Landschaft zog mich in den Bann,
und so begab ich mich bergan,
den Riesling aufzuspüren.

Eltville war der Ausgangspunkt
dem Weinberg zuzustreben,
der Morgen war in Tau getunkt,
die Sonne hat herab gefunkt,
es glitzerten die Reben.

Sie schickte leuchtend ihren Strahl
den Weg mir aufzuzeigen,
der erste Ort hieß Rauenthal,
es winkte schäumend ein Pokal,
der voll gefüllt mit Baiken.

Wie mundete er mild und zart
als göttlicher Vertreter,
ich hab' den Rebensaft gepaart,
auch schrieb man Christi Himmelfahrt,
der Trinktag für die Väter.

Dann zog ich weiter auf dem Pfad
nach Kiedrich und Hallgarten,
da schritt das Mehrhölzchen zur Tat,
und Sänger standen dort parat,
mit Quinten und mit Quarten.

Die jubelten aus voller Brust,
des Weines Barkarolen,
ich schmolz dahin in Frühlingslust,
auch fesselten mich unbewusst
die Bacchuskapriolen.

Und weiter ging die Wanderschaft,
schon hatte ich ein Fähnchen,
ich wurde lasch und flatterhaft,
doch lockte mich der Rebensaft
vom Oestericher Lenchen.

Es funkelte der Trauben Blut,
und lachte komödiantisch,
als Kellermeisters Attribut
klang aus dem Becher das Salut,
ach war das doch romantisch.

Ich wollte noch nach Geisenheim,
doch kam ich nur bis Winkel,
die Wanderung erstarb im Keim,
denn ich kroch Bacchus auf den Leim,
dem smarten Götterpinkel.

So blieb ich halt sein Hospitant,
mein Kopf hat wild gehämmert,
dann kam der Schlaf als Denunziant,
hat mich ganz tückisch übermannt,
und ich bin eingedämmert.

- Lothar Herrmann

Solang man nüchtern ist

Solang man nüchtern ist,
Gefällt das Schlechte;
Wie man getrunken hat,
Weiß man das Rechte;
Nur ist das Übermaß
Auch gleich zuhanden;
Hafis, o lehre mich,
Wie du's verstanden!

Denn meine Meinung ist
Nicht übertrieben:
Wenn man nicht trinken kann,
Soll man nicht lieben;
Doch sollt ihr Trinker euch
Nicht besser dünken,
Wenn man nicht lieben kann,
Soll man nicht trinken.

- unbekannt

Solche Düfte sind mein Leben

Solche Düfte sind mein Leben,
die verscheuchen all mein Leid;
blühen auf dem Berg die Reben,
blüht im Tale das Getreid.

Donnern werden bald die Tennen,
bald die Mühlen rauschend gehn,
und wenn sie sich müde rennen,
werden sich die Keltern drehn.

Gute Wirtin vieler Zecher,
so gefällt mir's, flink und frisch;
kommst du mit dem Wein im Becher,
liegt das Brot schon auf dem Tisch.

- Ludwig Uhland

Was ist das – der Wein?

Wein ist der Glättstein
Des Trübsinns, der Wetzstein
Des Stumpfsinns, der Brettstein
Des Siegers im Schach.
Ja, Wein ist der Meister
Der Menschen und Geister,
Der Feige macht dreister
Und stärket, was schwach;
Der Kranke gesund macht,
Blasswangige bunt macht,
Verborgenes kund macht
Und Morgen aus Nacht!

- Friedrich Rückert

75 – nach all dem

Mit siebzig hatte ich noch Pläne,
sie wurden längst verweht vom Wind –
das Schicksal hobelt, und die Späne
zu einem Berg geworden sind.

Jetzt bin ich zwar nicht viel gescheiter,
doch wuchs die Demut mit der Zeit;
sie ward mir freundlicher Begleiter,
nur fehlt´s mir an Beschaulichkeit.

Ich werde meinen Schöpfer fragen,
ob er mir noch ein Weilchen gibt;
auch sei ich, das will ich ihm sagen,
in seine Erde so verliebt.

Das würde ich noch gern genießen
und täte alles was er will:
Zehn Frühlinge die Blümchen gießen,
wenn er mich lässt – ich halte still!

Wenn ich dann 85 zähle
und er sagt: Junge, komm, s'ist Zeit!
Ja, dann polier ich meine Seele
und nehm den Zug nach Ewigkeit.

Fest hoffend auf des Himmels Segen,
nähm ich den Platz, der mir parat,
doch hätte ich auch nichts dagegen,
wenn dieser Zug Verspätung hat.

- Josef Otto Schneider

An jedem neuen Tag

Wenn man an Wiegenfesten mal
die eignen Lebensjahre misst,
so ist man stolz auf diese Zahl
wobei man oftmals gern vergisst,
dass diese Zahl Vergangenheit
und nicht mehr rückzuholen ist.

Wenn man sich solches überlegt,
dann tut man sicher gut daran,
dass man nicht rasch vom Tische fegt,
was scheinbar nicht mehr gelten kann;
denn diese Zahl Vergangenheit
gehört in deinen Lebensplan.

Und dieser weist es deutlich aus,
dass höhern Orts gemessen wird.
So lernt man konsequent daraus,
dass hier – wie oft – der Mensch sich irrt.
Dann wird die Zahl Vergangenheit
Erkenntnis, die man nicht verliert.

Erkenntnis heißt: An jedem Tag
Gedanken rück- und vorwärts lenk!
Und hast du Müh, Luft, Feind, Glück, Plag,
dann denke, was ich immer denk,
dass jeder Tag Vergangenheit
den neuen macht dir zum Geschenk.

- unbekannt

Altwerden mit einem jungen Herzen

Wir haben ein junges Herz,
solange wir das Leben gern haben,
wie es sich jeden Tag präsentiert,
das Leben mit seinen guten
und mit seinen schlechten Seiten.
Wir haben ein junges Herz,
solange wir die Menschen gern haben
und solange wir ihnen alles gönnen,
was wir selbst vielleicht vermissen.
Wer mit einem jungen Herzen alt wird,
der weiß mit einer stillen Fröhlichkeit
die vielen kleinen und großen Beschwerden
der alten Tage anzunehmen.
Er weiß um den Sinn des Lebens
und des Sterbens.
Er weiß, wie „kurz" und wie „klein"
alles auf dieser Erde ist,
und er hat Hoffnung auf „ewiges Leben".

- Phil Bosmans

Bedenkzeit

Auf „70“ steht des Lebens Uhr
exakt und sehr gelassen.
Wo sind die Jahre? Fragst du nur
und magst es gar nicht fassen!

Wo kommst du her, wo gehst du hin,
wohin ging all dein Streben?
Du fragst dich nach des Lebens Sinn –
kannst du auch Antwort geben?

Mal sanft, mal heftig angerührt,
hast du in siebzig Jahren,
von Gottes Güte treu geführt,
an Segen reich erfahren.

Was du vertagt im Gang der Zeit,
nun kannst du es vollbringen:
Lass still ein Lied der Dankbarkeit
durch deine Seele schwingen!

- Josef Otto Schneider

Das ABC glücklichen Lebens

Alles, was dein Leben ausmacht, hat mit Glauben zu tun. Er gibt Lebenskraft.
Bejahe stets deine eigenen Wünsche. Bejahe dein Glück.
Christentum in Wort und Tat bedeutet, dass du Kind des göttlichen Vaters bist. Erkenne diesen großen Schatz deines Lebens.
Doch bleibe nie beim Denken, Träumen, Warten stehen. Nein, handle. Echter Glaube handelt.
Erinnere dich immer an die Macht deiner Gedanken. Was du denkst, das wirst du auch.
Fühle dich stets glücklich, auch wenn du Enttäuschungen erlebst. Dein Glaube an das Gute wandelt das Leid.
Gib immer dein Bestes – einerlei, was du auch tust!
Halte jeden Ärger und jede Erregung von deiner Seele fern. Denn Zorn und Kummer schaden dir.
Ideale – lebe sie. Sie sind Keime und Samen zukünftiger Wirklichkeit.
Ja sagen ist die große Lebenskunst. Bejahe immer die Sonnenseite des Lebens.
Karge nie mit Lob und Ermutigung anderer. Erwarte von jedem das Höchste und Beste.
Lass nichts deine immer stete Harmonie stören. Bleibe bei allem ruhig und gelassen.
Morgens und abends gehe in die Stille. Bete, um deine Seele mit neuer Kraft zu füllen.
Niemals gehe schlafen, ohne den Tag mit einer Rechenschaft beschlossen zu haben.
Optimismus ist die beste Selbst- und Lebenshilfe.
Pessimistischen Menschen und Gedanken begegne bewusst mit positiven Gefühlen und Taten der Liebe.
Quäle dich und andere nie mit unnötigen Sorgen und Befürchtungen.
Richte nicht – und niemals – über andere. Bring keinem anderen Wesen Leid.
Suche in und an allem stets das Gute zu erkennen. Suche aus allem das Beste zu machen.
Traue dich zu lieben, was dir begegnet, dann wird dir bald nur noch begegnen, was du liebst.
Übeln gehe nicht aus dem Wege, sondern schreite ihnen mutig entgegen und über sie hinweg.
Vergiss nie, dass ein väterlicher Gott seine schützende Hand über dich hält. Sei also nicht kleingläubig
Wesensmäßig bist du ein Teil des göttlichen Wesens. Gottes Leben lebt wie ein Funke in deiner Seele.
Zeit ist das, was du als Mensch daraus machst. Keine Zeit ist dir geneigter als die Gegenwart.

- unbekannt

Das „Zig“

Das kleine „Zig“ ist ein Fanal!
Mit zwanzig kommt’s zum ersten Mal.
Du find’st das kleine „Zig“ noch fein
und möchtest gern noch älter sein.

Mit dreißig macht es dir nichts aus.
Du kennst dich damit ja schon aus.
Bist immer fleißig, schonst dich nicht,
bis es zum nächsten Male „zigt“.

Mit vierzig kommst du zur Besinnung,
gehörst ja auch schon fest zur Innung
und schaust auch mal mit stillem Glück
ein bisschen achteraus zurück.

Mit fünfzig kommt’s wie Donnerknall
dir vor – das kleine „Zig-Signal“.
Du findest es nicht mehr so schön
und denkst „das woll’n wir doch mal seh’n“.

Drum mühst du emsig weiter dich,
da macht es doch schon wieder „zig“!
Du schaust teils sinnig, teils perplex,
denn vor dem „Zig“ steht jetzt ′ne Sechs.

Du gewöhnst dich an des Alters Würde,
legst langsam ab des Amtes Bürde.
Beginnst, den Ruhestand zu üben,
und plötzlich hat das „Zig“ ′ne Sieben.

Noch bist du jung, viel Glück für dich,
denn bald erscheint das achte „Zig“.
Auf leisen Sohlen schleicht’s heran,
zu allen gleich, ob Frau, ob Mann.

Und eines nur kann trösten dich,
es kommt nur einmal noch ein Zig.
Bis du wirst hundert – dann famos,
bist du das „Zig“ erst einmal los.

- unbekannt

Der Erbtante zum runden Geburtstag

Liebes Tantchen, es ist wahr, heute wirst du 80 Jahr!
Alle kommen sie gelaufen, mußten erst noch Blumen kaufen,
brachten Kuchen und Pralinen: liebes Tantchen, gönn es ihnen,
laufen sie sich Hacken krumm. Unsre (Hilde) ist nicht dumm,
weiß, wohin der Hase läuft, wem das Herz vor Liebe träuft,
oder wer schon mit Bedacht an das „Erbe“ hat gedacht.
Mir, das weißt du allemal, ist das alles ganz egal,
weil ich dich von Herzen mag, nicht nur heut am Ehrentag.
Wärst du arm wie eine Maus, glaube mir, ich „hielt dich aus“.
Ohne Ketten, Schmuck und Ring wärst du grad so'n liebes Ding.
Drum zum Trotz der ganzen Brut, bleib gesund, sei auf der Hut,
so wie heute, geistig klar,Tantchen, leb noch 20 Jahr,
und für alle, die dich lieben, werde bitte 107!
107 – dieses Ziel ist als Vorsatz nicht zuviel.
Mach mir vorher keine „Schande“: Halte durch, geliebte Tante!

- unbekannt

Die besten Wünsche und einen frohen Lebenslauf

Mit 18 geht's hinaus ins große Leben.
Mit 20 lernen und das Beste geben.
Mit 30 hat sich mancher schon gebunden.
Mit 40 ist das Lebensziel gefunden.
Mit 50 kann man schon Erfolg genießen.
Mit 60 spielen mit den jüngsten Süßen.
Mit 65 ein neuer Lebensteil beginnt.
Mit 70 manch' Hobby hohen Wert gewinnt.
Mit 80 stellt sich allmählich Weisheit ein.
Mit 90 kann jeder Tag ein Glückstag sein.
Mit 100 zieht mancher dann vielleicht Bilanz:
Das Leben ist ein toller Tanz!

- unbekannt

Der Löffel

Wenn man als Kleinkind dir den Schnuller
aus deinem Mund hat entfernt,
dann ist das nächste Ding der Löffel,
den man als nützlich kennenlernt.
Mit ihm bekommst du deine Speise,
mit ihm fährt man dir übern Mund.
Siehst du den Löffel, schmatzt du leise
und tust dein Wohlgefallen kund.

Durch ihn erschmeckst du das Gemüse,
den ersten Fisch, Kartoffelbrei,
du kostest Salz und auch die Süße,
er macht dich stark, er macht dich frei.
Du wächst heran, du lernst sehr viel,
erfährst, dass Hasen Löffel haben,
spielst Lirum – Larum – Löffelstiel
und kannst mit Löffeln Töpfe schlagen.

Es folgt die Zeit auch das zu schlucken,
was man sich selber eingebrockt.
Manch Träne kullert in die Suppen,
vor denen man im Zorne hockt.
Du wirst erwachsen, und als Zeichen,
dass du nie Hunger haben sollst,
wird man dir Löffel überreichen,
vielleicht aus Silber oder Holz.

Jedoch, ein Löffel lebt nicht gerne
so ganz alleine für sich hin.
Erwachsen gehst du in die Ferne
und suchst dir eine Löffelin.
Dann legt sich Löffelchen an Löffel,
die ganze Welt sieht herrlich aus.
Du bist ein ganz verliebter Töffel,
speist doppellöffelig zu Haus.

Der Löffel bleibt dein treu Begleiter,
du schöpfst mit ihm tagaus, tagein.
Er ist der stumme Wegbereiter
beim schöpferischen Tätigsein.
Du schöpfst nach deines Lebens Fragen,
bist mal erschöpft, mal schöpferisch.
Du schöpftst in allen Lebenslagen
und haust den Löffel auf den Tisch.

Manch Löffel, der birgt bitt´re Speise,
wenn er gefüllt mit Medizin.
Doch hilft er auch auf diese Weise,
dir deine Lebensbahn zu ziehn.
Denk an den Löffel, den Begleiter,
von deiner Wiege bis zum Grab,
der für dich schöpft, mal ernst mal heiter,
und gibt zuletzt den Löffel ab.

- Evelis Reichardt

Der Stein der Jugend

Jugend ist nicht ein Abschnitt des Lebens, sondern ist ein Zustand der Seele. Sie ist eine bestimmte Form des Willens, eine Bereitschaft zur Fantasie, eine gefühlsmäßige Kraft, eine Kühnheit, die die Zaghaftigkeit überwindet, voller Abenteuerlust, doch mit einem Hang nach Ruhe, in Ruhe das zu tun, was gefällt.

Man wird nicht alt wegen der einfachen Tatsache, dass man eine bestimmte Zahl von Jahren gelebt hat, sondern nur, wenn man seine Ideale aufgibt – oder besser gesagt, wenn man keine mehr hat.

Jung sein bedeutet, sich noch mit sechzig, siebzig oder achtzig Jahren die Liebe zum Wunderbaren bewahrt zu haben, noch erstaunt sein können über leuchtende Dinge und strahlende Gedanken, mit kühnem Glauben den Ereignissen entgegen sehen, sich die unstillbare Neugier des Kindes bis ins hohe Alter zu erhalten, so wie den Sinn für die angenehmen und fröhlichen Seiten des Daseins.

Ihr werdet so lange jung sein, wie euer Herz die Botschaft der Schönheit, der Kühnheit und des Mutes aufnehmen wird, die Botschaft der Größe und der Stärke, die euch von der Welt, von einem Menschen oder von der Unendlichkeit geschenkt wird.

Doch wenn alle Fasern eures Herzens zerrissen sein werden, sich der Schnee des Pessimismus in eurer Seele getürmt hat und das Eis des Zynismus euer Herz erstarren ließ, erst dann werdet ihr alt sein, und dann möge Gott sich eurer armen Seele erbarmen.

„La petra della giovinezza“
Gefunden im Garten “Sigurtà“, nahe Peschiera/Gardasee

Du bist so jung wie deine Zuversicht

Du bist so jung, wie deine Zuversicht – Jugend ist nicht ein Lebensabschnitt, sie ist ein Geisteszustand.
Sie ist Schwung des Willens, Regsamkeit der Phantasie, Stärke der Gefühle, Sieg des Mutes über die Feigheit, Triumph der Abenteuerlust über die Trägheit.
Niemand wird alt, weil er eine Anzahl Jahre hinter sich gebracht hat. Man wird nur alt, wenn man seinen Idealen Lebewohl sagt.
Mit den Jahren runzelt die Haut, mit dem Verzicht auf die Begeisterung aber runzelt die Seele.
Sorge, Zweifel, Mangel an Selbstvertrauen, Angst und Hoffnungslosigkeit, das sind die langen, langen Jahre, die das Haupt zur Erde ziehen und den aufrechten Geist in den Staub beugen.
Ob siebzig oder siebzehn, im Herzen eines jeden Menschen wohnt sie Sehnsucht nach dem Wunderbaren, das erhebende Staunen beim Anblick der ewigen Sterne und der ewigen Gedanken und Dinge, das fruchtbare Wagnis, die unersättliche kindliche Spannung, was der nächste Tag bringen möge, die ausgelassene Freude und Lebenslust.
Du bist so jung wie deine Zuversicht, so alt wie deine Zweifel, so jung wie deine Hoffnung, so alt wie deine Verzagtheit.
Solange die Botschaften der Schönheit, Freude und Größe der Welt, des Menschen und des Unendlichen dein Herz erreichen, solange bist du jung.
Erst wenn die Flügel nach unten hängen und dein Herz vom Schnee des Pessimismus und vom Eis des Zynismus bedeckt ist, dann erst bist du wahrhaft alt geworden.

- Albert Schweitzer

Erkenntnisse

Im Laufe meines Lebens habe ich häufig Bilanz gezogen. Oft war es an meinem Geburtstag. Viele Ereignisse gefielen mir gar nicht. Oft fühlte ich mich überfordert, allein, verzweifelt, missverstanden und auch war ich sicher, unter der Last der Verantwortung zusammenzubrechen. Aber eines Tages war ich bereit, die Geschehnisse richtig einzuordnen. Ich hörte auf mit Gott und der Welt zu hadern und betrachtete den Verlauf meines eigenen Lebens als unbeteiligter Zuschauer – und dann geschah ein Wunder!

Plötzlich erkannte ich, seit meiner frühesten Kindheit war ich auf mein späteres Leben systematisch vorbereitet worden. Eine Übung bereitete die nächste Prüfung vor, und das so sicher und perfekt wie ich es sonst hätte nicht lernen können. Es breitete sich in mir ein nie vorher gekannter Friede aus und tiefe Dankbarkeit vor dieser hohen Intelligenz, die mich führte und immer noch führt.
Ich begann damit, allen Menschen, die mir im Laufe meines Lebens begegnet waren, zu danken, denn alle haben sie mich unterrichtet und gelehrt. Auch – oder gerade dann, wenn ich den Eindruck hatte, die Lektion sei besonders hart oder bitter. Nach diesem Ausflug in mein eigenes Ich wurde ich ein anderer Mensch.
Ich umarmte mein Leben und liebte es wie nie zuvor, und mein Leben umarmte mich.

Heute freue ich mich auf jeden neuen Tag, bin gespannt darauf, welche Menschen noch meinen Weg kreuzen, um von ihnen lernen zu dürfen, welche Herausforderungen noch auf mich warten.

Und wenn Du, mein Freund, gerade wieder traurig oder verzweifelt bist, denke bitte daran:

„Dein Fingerabdruck sagt es Dir doch täglich! Du bist einmalig. Du brauchst nur etwas Zeit, um zu erkennen: Gott, der in allen Dingen wohnt, liebt Dich so wie Du bist, und er ist immer dann besonders nah, wenn Du meinst, er habe Dich verlassen. Seine Liebe ist ewig, und Du bist ein Teil dieser Ewigkeit"!

- Hannelore Dülm

Gebet des älter werdenden Menschen

O Herr, du weißt besser als ich, dass ich von Tag zu Tag älter
und eines Tages alt sein werde.
Bewahre mich vor der Einbildung, bei jeder Gelegenheit
und zu jedem Thema etwas sagen zu müssen.

Erlöse mich von der großen Leidenschaft,
die Angelegenheiten anderer ordnen zu wollen.
Lehre mich nachdenklich (aber nicht grüblerisch),
hilfreich (aber nicht diktatorisch) zu sein.

Bei meiner ungeheueren Ansammlung von Weisheit
erscheint es mir ja schade, sie nicht weiterzugeben –
aber du verstehst, o Herr, dass ich mir ein paar Freunde erhalten will.

Bewahre mich vor der Aufzählung endloser Einzelheiten
und verleihe mir Schwingen, zur Pointe zu gelangen.

Lehre mich schweigen über meine Krankheiten und Beschwerden.
Sie nehmen zu – und die Lust, sie zu beschreiben,
wächst von Jahr zu Jahr.

Ich wage nicht, die Gabe zu erflehen,
mir Krankheitsschilderungen anderer mit Freude anzuhören,
aber lehre mich, sie geduldig zu ertragen.

Lehre mich die wunderbare Weisheit, dass ich mich irren kann.
Erhalte mich so liebenswert wie möglich.
Ich möchte kein Heiliger sein – mit ihnen lebt es sich so schwer -,
aber ein alter Griesgram ist das Krönungswerk des Teufels.

Lehre mich, an anderen Menschen unerwartete Talente zu entdecken,
und verleih mir, o Herr, die schöne Gabe, sie auch zu erwähnen.

- Teresa von Avila

Geburtstagsgedichtle

Heut' wirst du – lassen wir die Zahl
diskret unausgesprochen –
und glaubst, so alt wird nicht einmal
ein reifer Mammutknochen.

Doch seufze nicht zum Himmelszelt
und fange an zu beten.
Nur aus dem besten Holz der Welt
macht man Antiquitäten.

Vital wie du und blitzgescheit
wirst du noch lang nicht ranzig.
Die meisten Greise dieser Zeit
sind nicht mal einundzwanzig.

Wer dich bedauert, der ist halt
ein Dummkopf und ein Miesling.
Denn du, mein Freund du bist nicht alt,
du bist Spätlese, Riesling.

- unbekannt

Gereifte Erkenntnis

Volkswirtschaftlich hat das Leben zur Seniorin mich gemacht.
Ein paar Tränen weint ein Auge, währenddem das and're lacht.

Sturm und Drang vergangner Jahre sind inzwischen fast verpönt,
auch wenn in so manchen Stunden sich mein Herz nach beidem sehnt.

Doch die Zahl geschenkter Jahre – Lebensquell aus Lust und Leid -,
mündet in das stille Delta dankbarer Seniorenzeit.

Gebt dem Schiff der Lebensfreude handbreit Wasser unterm Kiel.
Setzt Zufriedenheit als Segel, noch ein Weilchen – so Gott will.

- Cilli Kehsler

Glück

Solange du nach dem Glücke jagst, bist du nicht reif zum Glücklichsein,
und wäre alles Liebste dein.
Solang du um Verlornes klagst und Ziele hast und rastlos bist,
weißt du noch nicht, was Friede ist.
Erst wenn du jedem Wunsch entsagst, nicht Ziel mehr noch Begehren kennst,
das Glück nicht mehr mit Namen nennst,
dann reicht dir des Geschehens Flut nicht mehr ans Herz,
und deine Seele ruht.

- Hermann Hesse

Ich schenke Dir ...

Ich schenke Dir das Violett vom Regenbogen,
des Himmels schönste Wolkenfahne.
Das Lied des Vogels, der vorbei geflogen,
das Rauschen aller Ozeane.

Ich schenke Dir das goldgefärbte Blatt der Schlehe,
den Duft aus Deiner Kinderzeit.
Ich schenke Dir des Glückes Nähe
und eine Hand voll Zärtlichkeit.

Ich schenke Dir ein Kinderlachen
und den schönsten Moment auf dieser Welt.
Ich will die Nacht für Dich durchwachen,
in der mein Stern in Deine Seele fällt.

- Hanns-G. Friese

Ich bin noch nicht alt

Ich bin nicht mehr jung, ich bin noch nicht alt,
ich bin jetzt in mittleren Jahren,
ich habe das Auf und Ab des Lebens,
hab Hölle und Paradies erfahren.

Ich möchte fort gehn und bleiben
und fliegen und langsam gehen,
ich möchte alleine schreiten
und doch anderen zur Seite stehn.

Ich bin nicht mehr heiß, ich bin noch nicht kalt,
bin vernünftig und lebenserfahren,
ich denk voller Sehnsucht an Freunde von einst
und wie jung und töricht wir waren.

Ich möchte weinen und lachen
und traurig und glücklich sein.
Ich wäre gern ganz bei mir selber
und trotzdem niemals allein.

Ich bin nicht mehr jung, ich bin noch nicht alt,
ich bin jetzt in mittleren Jahren,
ich möchte, bevor es ans Sterben geht,
noch ganz viel Leben erfahren.

- Ute Latendorf

Ich werde gerne alt

Ich brauche nur noch am
Schreibtisch zu sitzen,
wenn mich die unbändige Lust
zu arbeiten überfällt.
Ich reise nicht mehr zu
geschwätzigen Konferenzen.
Ich brauche nichts zu werden.
Nichts zu erreichen.
Niemand braucht mich gut zu
finden.

Was ich tat, tun die Jungen.
Sie machen fast alles anders.
Gut. Ich habe seinerzeit auch
fast alles anders gemacht als die
Alten.
Ich wünsche ihnen ein
gesegnetes Tun
und Gottes Beistand.

Aber ich? Ich darf einfach
„sein". Ist das nichts?
Ich gedenke es zu genießen,
so lange Gott mir seine Sonne
scheinen lässt.

Ich werde vor dem Haus meiner
Seele sitzen.
Die Figuren meiner Phantasie
streifen durch den Garten.
Die Gestalten meiner
Erinnerung gehen aus und ein
und reden mit mir über längst
Gewesenes.

Ich schaue den Bäumen zu, wie
sie ausschlagen,
wie die Blätter fallen, wie
Schnee sie deckt,
wie sie wieder grünen. Und
allmählich wachsen.
Ich werde gerne alt
und danke Gott für jeden Tag.

- Jörg Zink

Kleines Jahrhundertregister

Du wirst in diese Welt geboren,
kannst nichts dafür, hast rote Ohren,

fängst plärrend an im Jahre null
und findst den Schnuller wonderful.

Doch nach zehn Jahren willst du sein
kein Kind mehr, mein Teenagerlein,

und hast erreicht du erst die Zwanzig,
wird dir kein Haferbrei mehr ranzig.

Gibst du dich emsig bald und fleißig,
baust du dein Häusle und bist dreißig.

Mit vierzig wirst als Schwab g'scheit,
die Andern nicht in Ewigkeit.

Jedoch zu werden ganz „vernünfzig"
braucht's meistens Zeit, etwa bis fünfzig,

wenn nicht, kann's sein, dass solches rächt sich
wohl spätestens etwa mit sechzig.

Im übrigen mag es mit siebzig
noch heißen: Was sich neckt das liebt sich,

bis endlich aus dem Staube macht sich
der Übermut vollends mit achtzig.

Und schaffst du wirklich es bis neunzig,
so werden keine Erben freu'n sich,

weil die, nach den Geburtstagsküssen,
nun ein Jahrhundert warten müssen.

- Emil Autenrieth

Loblied auf alles, was rund ist

Ich lobe mir die runden Dinge,
bewundre ihre Harmonie.
Ein Werk, das abgerundet ich vollbringe,
schafft nicht allein die Phantasie.

Die runden Dinge sind es, die ich ehre,
weil etwas Göttliches in ihnen wirkt,
wie in der vollen, runden Beere,
wenn sie des Weines Süße birgt:

Der glühend rote Sonnenball,
des Mondes runde Scheibe,
das Erdenrund im Weltenall
und das Gesetz, von dem ich weiß,
es wohnt noch in dem kleinsten Kreis,
den ich im Sand beschreibe.

Die runden Kirchenkuppeln lieb ich sehr,
besonders jene Gott geweihten,
die zwischen Rom und Schwarzem Meer
durch meine Träume gleiten.

Zum Beispiel lieb ich aber auch
die gelbe Vase mit dem runden Bauch.
Sie hütet mir des Sommers letzte Rose
und bleibt für lange Zeit ein nützliches Präsent.
Ach ja, und auch die kleine Puderdose,
als Souvenir gekauft einst in Sorrent.

Sogar die rote runde Bommel
auf deiner Mütze lieb ich noch,
wie du sie trugst am Strand im Inselwind,
und auch die kleine Spielzeugtrommel,
die du einst schlugst im muntren Spiel als Kind.

Solang ich lebe, freu ich mich
an allen runden Dingen.
Die Himmelskugel weitet mir den Raum.
Zum Schluss vielleicht versöhn ich mich
auch noch mit meinen Jahresringen,
so wie ein hoch gewachsner alter Baum.

- Elli Michler

Meine Wünsche zu diesem Tag

Ich wünsche dir Frieden da,
wo du lebst in der Welt.

Ich wünsche dir Menschen,
vor denen du denken und reden kannst,
ohne verraten zu werden.

Ich wünsche dir ein gutes Verhältnis zu allen,
mit denen du täglich zusammen bist.

Ich wünsche dir, dass du an Gott glauben kannst
wie ein Blinder, der zwar die Sonne nicht sieht,
aber ihre Wärme spürt.

Ich wünsche dir, Zeit zu haben
für dich und für die Anderen.
Vor allem viel Zeit um zuhören zu können.

Ich wünsche dir Menschen, die zu dir sagen
„Es ist gut, dass es dich gibt“.

Ich wünsche dir, nie verlassen zu werden,
den richtigen Weg zu finden
und dazu den Mut, ihn auch zu gehen.

Ich wünsche dir Menschen,
die auch dann deine Freunde sind,
wenn du sie brauchst.

Ich wünsche dir Gesundheit und Zufriedenheit
einen frohen Tag und zu allem den Segen Gottes.

- unbekannt

Wann bist du alt?

Ein Spiegel hängt in deinem Zimmer,
du stehst davor, das Haupt geneigt
und seufzest, weil ein grauer Schimmer
sich an deinen Schläfen zeigt.

Beim Lesen streikt dir die Pupille,
und neue Zähnchen brauchst du bald –
du seufzt und murmelst in der Stille:
Ach ja, ich werd nun langsam alt.

Du seufzest und solltest lieber schmunzeln,
kriegt auch dein Haar einen Silberstich
und deine Stirne ein paar Runzeln,
das ist doch alles äußerlich.

Manch einer ist vielleicht erst zwanzig
und außen herrlich von Gestalt,
doch innen schwunglos, trocken, ranzig
und miesepetrig – das ist alt!

Natürlich kannst du nicht mehr wachsen
ab sechzig – aber immerhin –
so lang du für Humor und Faxen
und Zärtlichkeiten hast ´nen Sinn.

So lange deine Augen glänzen
im Feuer der Begeisterung,
bist du mit deinen sechzig Lenzen
trotz Brille und Gebiss – noch jung!

- unbekannt

ZUM 70. GEBURTSTAG

70 Jahre tapfer leben
70 Jahre schaffen, streben,
das ist Segen ohnegleichen,
nicht ein jeder kann's erreichen.
70 - diese Zaubersieben
ist ein Jahr, das muß man lieben!
Tu ins Märchen einen Blick:
Sieben heißt doch immer Glück!

7 Geißlein, 7 Raben
7 köstlich dicke Schwaben
7 aus dem Zwergenreich
7 gar auf einem Streich!

Auch bei alten Schäfersleuten
7 hat viel zu bedeuten!
7 Kräuter sind von Nöten
bis sich blasse Wangen röten.

7 Gifte man versenke
in die Zauberliebestränke.
Auch bei Lebkuchen sind 7
der Gewürze vorgeschrieben.
Schaut man sich im Altertum
nach der Wundersieben um
ist sie überall zu finden;

7 Wunder hat die Welt,
und sogar am Himmelszelt
strahlt die hohe Sternen-sieben
feurig in das Schwarz geschrieben!
Heilig ist die 7-Zahl
auch der Kirche allemal.
7 Gaben schenkt der Geist,
und durch 7 Sakramente
wird der Menschen Seel' gespeist.

25.000 Tage – welche Lust, welche Plage.
6 x 100.000 Stunden –
wie viel Freude, wie viel Wunden.
70 Jahr – ein langes Leben
und nun heißt es: weiter streben!
Immer höher, immer weiter,
bis zur letzten Sprosse heiter!
Wann sie kommt, weiß Gott allein,
mög' er gnädig mit Dir sein!

- unbekannt

Zum Geburtstag im Winter

Der Winter ist an Blumen leer, hat nichts als Schnee und Kälte mehr;

kein Vöglein singt, von Nebelduft ist eingehüllt rings Land und Luft. Da bricht für mich voll Sonnenschein dein liebes Wiegenfest herein, und um mich lächelt's weit und breit grad wie zur holden Frühlingszeit. Nur schade, daß auf Feld und Flur von Blumen nirgends eine Spur;

Sonst ging' ich aus mit raschem Schritt und brächte dir die schönsten mit. Was nun zu tun? Statt Blumenschmuck nimm meinen warmen Händedruck und diesen Kuß, und hättest du mein Herz nicht längst, käm's auch dazu.

- volkstümlich aus dem 19. Jahrhundert

Zum sechsundsechzigsten!

Es lichtet auf dem Haupte das Geflecht sich, so mancher Zahn erweist nicht mehr als echt sich,
und auch das Augenlicht allmählich schwächt sich: Sechsundsechzig, sechsundsechzig!

Auch wenn man sieht im Teich als tollen Hecht sich, die Zeit ist um, wo straflos man bezecht sich,
so mancher Überschwang sehr rasch nun rächt sich: Sechsundsechzig, sechsundsechzig!

Man fühlt behämmert wie der Baum vom Specht sich, im Kopfe findet man nicht mehr zurecht sich,
wenn man mal nichts vergißt, dann freut man echt sich: Sechsundsechzig, sechsundsechzig!

Und doch, beurteilt man gerecht sich, so findet wirklich man nicht gar so schlecht sich.
Und spottet einer, sagt man: Der erfrecht sich!
Der Lümmel werde selbst doch erst mal sechsundsechzig!

- unbekannt

Das Alter

Es ist seltsam mit dem Alter:
Wenn man dreizehn und noch Kind,
weiß man glasklar, dass das Alter
so um zwanzig rum beginnt.

Ist man aber selber zwanzig,
denkt man nicht mehr ganz so steif,
glaubt jedoch, genau mit dreißig
sei man für den Sperrmüll reif.

Dreißiger, schon sehr erfahren
und vom Lebenskampf geprägt,
haben den Beginn des Alters
auf Punkt vierzig festgelegt.

Vierziger mit Hang zum Grübeln
sagen dumpf wie ein Fagott:
Fünfzig sei die Altersgrenze
und von da an sei man Schrott.

Die Fünfziger sind schon viel weiser
und noch voller Lebenssaft,
schieben Altsein sehr weit von sich:
Erst ab sechzig fehlt die Kraft.

Die Sechziger sind Lebenskünstler,
gleichen aus mit List und Geist,
und meinen, dass genau mit siebzig
die Natur uns Grenzen weist.

Doch die Siebziger, die Klugen,
denken überhaupt nicht dran.
Jung sind alle, die noch lachen,
leben, singen, weitermachen.
Alter? – Fängt mit hundert an!

- unbekannt

Zweiunddreißig ist das ideale Alter. Man ist alt genug, um zu wissen, was man nicht tun sollte, und jung genug, es trotzdem zu tun.

- Brigitte Bardot

Ich weiß nicht, wie alt ich bin, denn wir hübschen Frauen können nur bis dreißig zählen.

- Sidonie Gabrielle Colette, als sie schon über siebzig war

Ich bin jetzt über 93 Jahre alt, also nicht gerade jung, jedenfalls nicht mehr so jung, wie ich mit neunzig war. Aber Alter ist überhaupt etwas Relatives. Wenn man weiter arbeitet und empfänglich bleibt für die Schönheit der Welt, die uns umgibt, dann entdeckt man, dass Alter nicht notwendigerweise Altern bedeutet, wenigstens nicht Altern im landläufigen Sinne. Ich empfinde heute viele Dinge intensiver als je zuvor, und das Leben fasziniert mich immer mehr.

- Pablo Casals

Jung oder alt?

Im Lande läuten hell die Glocken,
damit es wissen alle Leute:
Für *dich, mein Lieber,* sie frohlocken,
denn *fünfzig* Jahre wirst du heute.

„Doch wirst du jung nun oder alt?“
wird mancher fragen ganz genau.
Na gut, dann machen wir uns halt
mal in der Welt der Tiere schlau.

Ein Kaninchen wird nur fünf,
ein Regenwurm bringt es auf zehn.
Den Laubfroch, diesen kleinen Pimpf,
den kann man zwanzig Jahre seh´n.

Ein Hirsch wird dreißig Lenze alt,
lang nicht so viel wie *du hier* heute.
Das Nashorn und Kamel sind bald
mit vierzig schon des Todes Beute.

Fünfzig Jahre wird kein Schaf,
nicht Tiger, Ente, Huhn und Affen.
Nur der Pelikan kann brav
mit viel Glück dies Alter schaffen.

Sieht man das so, so bist du alt.
Hast Kuh und Löwe überlebt
und auch den Kuckuck dort im Wald
und den, der unter Tischen klebt.

Doch du, *mein Freund,* wie bist du jung
bei dem Vergleich mit einem Geier.
Er gibt dir Mut und frischen Schwung,
denn noch mit hundert legt er Eier.

Und auch die Krähe und der Wal,
sie werden alle über hundert.
Mit *fünfzig Jahren* bist du mal
im besten Alter, was nicht wundert!

Denn *deine Enkel* halten jung
und fit dich manchen langen Tag.
Und mit Geduld und neuem Schwung,
da meisterst du des Alters Plag´.

Drum hebt das Glas zu einem Prost,
ihr Freunde alle hier im Saal,
und trinkt! – Auf dich, der du getrost,
so alt sollst werden wie ein Wal.

- Günter Neidinger

* kursiv geschriebenes kann durch andere Namen ersetzt werden

Reise in die Vergangenheit

Am Geburtstag eines Achtzigjährigen

Wir feiern diesen Tag im trauten Kreise
und denken zurück an unsere Jugendzeit.
Wir lächeln abgeklärt und still und weise
auf dieser schönen, wehmutsvollen Reise
in eine farbige Vergangenheit.

Du siehst dich noch als Kind vor siebzig Jahren.
Du siehst vor deinem kleinen Elternhaus
die brave Pferdebahn vorüberfahren.....
und sonntags zog die Stadt in hellen Scharen
mit Kind und Kegel in den Wald hinaus.

Ja, damals gab´s noch kein Verkehrsgewimmel!
Kein Auto, kein Motorrad war zu sehn,
kein Flugzeug hing in jener Zeit am Himmel.
Der Vater ritt noch einen Apfelschimmel.....
die andren zogen vor, zu Fuß zu gehen.

Die Droschken träumten auf den Halteplätzen.
Bedächtig ratterte die Eisenbahn.
Sie zeigte keine Lust, sich abzuhetzen.
Ach, und wie glücklich konnte man sich schätzen
bei einer Flussfahrt im Familienkahn!

Man kannte noch kein Lärmen und kein Hasten.
Man nahm sich Zeit. Und fuhr sehr gut dabei.
Man schaffte schwer. Doch man verstand zu rasten.
Es gab Harmonika und Leierkasten.....
nur selten und gedämpft klang Kriegsgeschrei.

So war es. Doch so wird´s nie wieder werden!
Das Heute ist bestürzend und so fremd,
wie anfangs jeder Fortschritt hier auf Erden.
Das Leben läuft und fragt nicht nach Beschwerden,
es nützt nichts, wenn man sich dagegenstemmt.

Auch Neues hilft, das Dasein zu verschönen,
obwohl es nicht ersetzt was man verlor.
Man kann sich an die Gegenwart gewöhnen,
sie lieben oder sich mit ihr versöhnen...
und jeder Weise trägt es mit Humor!

- Brigitte Moog

Advent

Manches Kinderzimmer wird, sobald es dämmert,
eine Schreiner-, Schneider-, Malerwerkstatt und so fort:
Denn jetzt wird genäht, gekleistert und gehämmert ...
Aber die Erwachsenen haben nichts zu suchen dort!

Selbst die Eltern werden aus den Paradiesen,
auch wenn Farb- und Leimgeruch ins Nebenzimmer dringt,
möglichst liebevoll, doch streng hinaus gewiesen,
weil man sein Geheimnis wahren möchte – unbedingt!

Hinter Türen und geschlossnen Fensterläden
wird aus bunten Winzigkeiten eine Wunderwelt
und aus Tannenreis und Gold- und Silberfäden
die von Hand gemachte Weihnachtskrippe hergestellt ...

Schöner, strahlender und reicher als das Tännchen
und als alle übrigen Geschenke ist vielleicht
jener stolz-verschämte Blick der Heinzelmännchen,
wenn uns jedes lächelnd seine Gabe überreicht.

- Fridolin Tschudi

Advent

Die erste Kerze brennt,
leuchtet zaghaft und still,
deine Einsamkeit kennt
sie, - die dich trösten will.

Die zweite Kerze brennt,
leuchtet stärker, doch still,
deine Ängstlichkeit kennt
sie, - die Mut machen will.

Die dritte Kerze brennt,
leuchtet hell, aber still,
deine Traurigkeit kennt
sie, - die aufrichten will.

Die vierte Kerze brennt,
leuchtet beglückend, still,
deine Seele erkennt
sie, - die dir sagen will:

Das Fest der Liebe ist jetzt nah,
verdrängt die Trauer aus dem Herzen,
kündet, was in Bethlehem geschah!
Spürst du die Wärme der vier Kerzen?

- Günter Neidinger

Advent

Es treibt der Wind im Winterwalde
die Flockenherde wie ein Hirt,
und manche Tanne ahnt, wie balde
sie fromm und lichterheilig wird.
Und lauscht hinaus. Den weißen Wegen
streckt sie die Zweige hin – bereit,
und wehrt dem Wind und wächst entgegen
der einen Nacht der Herrlichkeit.

- Rainer Maria Rilke

Advent

Das ist die Zeit
geheimnisvoller Tiefe.
Es ist, als ob
der Tage böse Unrast schliefe,
uralte Rätsel
sich dem Geiste halb enthüllten
und alle Welt
mit unsagbarer Ahnung füllten.
Sei still auch du
in dieser sanften Zeit der Tiefe,
dass sie nicht ungeliebt
vor deiner Hast entliefe!

- Gerhard Hauptmann

ADVENTSKERZE

Kleine Kerze im Advent, rührst die Herzen an.
Ziehst mit deinem stillen Licht uns in deinen Bann.

Bist wie eines Freundes Hand in der Dunkelheit.
Wie ein altvertrautes Du voll Geborgenheit.

Kleine Kerze im Advent, wärmst so mütterlich.
Führst uns aus der Einsamkeit, aus dem kalten Ich.

Birgst in deinem kleinen Licht so viel Helligkeit.
Gibst in deiner Einfachheit Fülle an die Zeit.

Kleine Kerze im Advent, weck‘ in deinem Schein
einen stillen Wunsch in uns: So wie Du zu sein.

- Cilli Kehsler

Bald ist es soweit

Bald ist es soweit, dass dich der Fremde fragt,
ist dies die Zeit, in der der Mensch den Menschen mag?

Bald ist es soweit, dass der Einsame sagt;
Ob ich in dieser Zeit Freunde finden mag?

Bald ist es soweit, dass Kranke gesunden
und Seelen heilen nach Irrtum und Leid.

Und wenn der Mensch den Menschen gefunden,
dann sei willkommen, hoffnungsvolle, frohe WEIHNACHTSZEIT

- Traudl Schmitt

Aufbruch im Advent

Im Advent des Sehnens
lasst uns zum Licht
der Krippe gehen,
damit wir,
erfüllt von diesem Glanz,
Lichtträger werden
für Menschen,
die den Weg dorthin
nicht kennen.

Im Advent des Erwartens
sehnen wir uns
nach dem Wunder
der Erlösung,
nach dem Aufbruch des Lichtes
für alle Menschen,
damit sie
den Stern des Lebens finden.

Im Advent des Erkennens
sehnen wir uns
nach dem Klaren
und Durchsichtigen,
damit wir das Geheimnis
der Weihnacht erfahren
und mitnehmen.

Denn aus allem Sehnen
soll uns auch auf dieser Erde
Freude und Erfüllung
neu geboren werden.

- Traudl Schmitt

Bitte zünde mich an!

Es kam der Tag, da sagte das Zündholz zur Kerze: „Ich habe den Auftrag, dich anzuzünden." „O nein", erschrak die Kerze, „nur das nicht! Wenn ich brenne, sind meine Tage gezählt. Niemand mehr wird meine Schönheit bewundern." Das Zündholz fragt: „Aber willst du denn dein Leben lang kalt und hart bleiben, ohne zuvor gelebt zu haben?" „Aber brennen tut doch weh und zehrt an meinen Kräften", flüsterte die Kerze unsicher und voller Angst. „Es ist wahr", entgegnete das Zündholz, „aber das ist doch das Geheimnis unserer Berufung: Wir sind berufen, Licht zu sein. Was ich tun kann ist wenig. Zünde ich dich aber nicht an, so verpasse ich den Sinn meines Lebens. Ich bin dafür da, Feuer zu entfachen. Du bist eine Kerze. Du solltest für andere leuchten und Wärme schenken. Alles, was du an Schmerz und Leid und Kraft hingibst, wird verwandelt in Licht. Du gehst nicht verloren, wenn du dich verzehrst. Andere werden dein Feuer weitertragen. Nur wenn du dich versagst, wirst du sterben."
Da spitzte die Kerze ihren Docht und sprach voller Erwartung:„Ich bitte dich, zünde mich an!"

- unbekannt

Wer Menschen froh machen will

Wer Menschen froh machen will,
muss Freude in sich haben.

Wer Wärme in die Welt bringen will,
muss Feuer in sich tragen.

Wer Menschen helfen will,
muss von Liebe erfüllt sein.

Wer Frieden auf Erden schaffen will,
muss Frieden im Herzen gefunden haben.

- Phil Bosmans

Der Dezember

Das Jahr ward alt. Hat dünne Haar.
Ist gar nicht sehr gesund.
Kennt seinen letzten Tag, das Jahr.
Kennt gar die letzte Stund.

Ist viel geschehn. Ward viel versäumt.
Ruht beides unterm Schnee.
Weiß liegt die Welt, wie hingeträumt.
Und Wehmut tut halt weh.

Noch wächst der Mond. Noch schmilzt er hin.
Nichts bleibt. Und nichts vergeht.
Ist alles Wahn. Hat alles Sinn.
Nützt nichts, dass man's versteht.

Und wieder stapft der Nikolaus
durch jeden Kindertraum.
Und wieder blüht in jedem Haus
der goldengrüne Baum.

Warst auch ein Kind. Hast selbst gefühlt,
wie hold Christbäume blühn.
Hast nun den Weihnachtsmann gespielt
und glaubst nicht mehr an ihn.

Bald trifft das Jahr der zwölfte Schlag.
Dann dröhnt das Erz und spricht:
„Das Jahr kennt seinen letzten Tag,
und du kennst deinen nicht".

- Erich Kästner

Dezemberkalender

Adventskalenderanfangstag
Wunschzettelschreibtag
Wachskerzengießtag
Kirschblütenzweigtag
Fenstersternefalttag
Schuhvordertürtag
Bratapfeltag
Geschenkeeinkauftag
Strohsternklebetag
Geschenkebasteltag
Weihnachtspäckchenabschicktag
Plätzchenausstechtag
Lichterkronentag
Weihnachtsgrüßeschreibtag
Tannenbaumkauftag
Wichteltag
Rosinenstollenknettag
Weihnachtsgedichtlerntag
Geschenkeeinwickeltag
Flötenstückeinübtag
Längstenachttag
Kinderzimmeraufräumtag
Riesigaufgeregtseintag
Christistgeborentag
Frühammorgenspieltag
Verwandtenbesuchstag
Geschenkeumtauschtag
Wegweisersterntag
Dankeschönschreibtag
Kerzenausbrenntag
Knallbummblitzzischtag

- Hartmut Kulick

Die vier Kerzen

Vier Kerzen brannten am Adventskranz.
Es war ganz still. So still, dass man hörte,
wie die Kerzen zu reden begannen.

Die erste Kerze klagte:
„Ich heiße Frieden.
Mein Licht leuchtet, aber die Menschen
halten keinen Frieden. Sie wollen mich nicht“.
Das Licht wurde immer weniger und verlosch ganz.

Die zweite Kerze flackerte und seufzte:
„Ich heiße Glauben, aber ich bin überflüssig.
Die Menschen wollen von Gott nichts wissen.
Es hat keinen Sinn mehr, dass ich brenne“.
Ein Luftzug wehte durch das Haus und die Kerze war aus.

Leise und sehr traurig sagte die dritte Kerze:
„Ich heiße Liebe. Ich habe keine Kraft mehr zu brennen.
Die Menschen stellen mich an die Seite. Sie sehen nur sich
selbst und nicht die anderen, die sie lieb haben sollen“.
Mit einem letzten Aufflackern war auch ihr Licht verlöscht.

Da kam ein Kind in das Zimmer.
Es schaute die Kerzen an und sagte: „Aber, aber, ihr sollt doch
brennen und nicht aus sein“. Das Kind weinte.

Die vierte Kerze wusste Trost:
„Hab keine Angst! Solange ich brenne, können wir auch die
anderen Kerzen wieder anzünden.
Ich heiße Hoffnung“.

Frieden
Glauben
Liebe
Hoffnung
für Advent und Weihnachten.

- unbekannt

Einer kam

Einer kam
und zerbrach lieb gewordene Gewohnheiten:
Wer unter euch groß sein will –
diene seinen Mitmenschen.

Einer kam
und widersprach den üblichen Ansichten:
Liebt eure Feinde –
seid gut zu allen, die euch verachten.

Einer kam
und verlangte kompromissloses Handeln:
Wer von euch zwei Mäntel hat –
der gebe einen dem, der keinen hat.

Einer kam
und forderte unendlich viel:
Liebt euren Nächsten –
wie euch selbst.

Einer kam
und verschenkte sich –
damit wir leben.

- Peter Friebe

Ein kleiner Engel zerschneidet die Zeit

Hinter den Wolken, irgendwo weit,
Sitzt ein kleiner Engel und zerschneidet die Zeit
Mit einer großen Schere,
Als wenn's eine Zeitung wäre.
Er schnickert in die Kreuz und die Quer
Ganz einfach so vor sich her,
Wie es ihm grad in den Sinn kommt,
Und wo seine Schere hinkommt.
Was bleibt von der Zeit? Was bleibt dir und mir?
Was bleibt, was bleibt uns Allen?
Viele kleine Schnitzel Papier,
Die in Gottes Papierkorb fallen ...

Hinter den Wolken, irgendwo weit,
Sitzt ein kleiner Engel und zerschneidet die Zeit
Mit einer großen Schere.
Er zerschneidet das Glück, er zerschneidet das Leid,
Er zerschneidet die ganze Ewigkeit,
Als wenn sie aus Pappe wäre ...

- Siegfried von Vegesack

Fragen im Advent

Im Advent, in diesen Tagen,
geht ein Wundern durch die Welt
und nur wer beginnt zu fragen,
himmlisch auch Bescheid erhält.
Warum gehen die Schritte leise
jetzt, im heiligen Advent,
hörst du auf die stille Weise,
die allein dein Herz nur kennt?

Warum steht Erwartungsfreude
dir geschrieben im Gesicht,
die den Kummer dir zerstreute,
dass du selber strahlst wie Licht?
Warum hoffen alle Armen
in der ganzen weiten Welt,
dass dein Aug' und dein Erbarmen
auch auf ihre Nöte fällt?

Warum ist dir wohl zumute,
spürest du Geborgenheit,
so als seist du tief im Blute
wie von einem Joch befreit?
Warum ist in dir ein Singen,
wie du's einst als Kind getan,
schwebt die Seele wie auf Schwingen
und erhebt sich himmelan?

Warum haben alle Kinder
in den Augen Himmelsglück
und in dir strahlt es nicht minder,
schenkt dir eines seinen Blick?
Warum leuchten all die Sterne
freundlich in die Nacht zugleich,
schenken dir ihr Licht von Ferne
als wär's aus dem Himmelreich?

Dort her, aus der Kindheit Garten,
darfst du schon in kurzer Frist
einen guten Freund erwarten,
der dir treu verbunden ist.
Lasse ihn in diesen Tagen
auch in deine Seele ein;
er gibt Antwort deinen Fragen –
Christ selbst will die Antwort sein!

- Josef Otto Schneider

Gibt es den Nikolaus oder nicht?

Ich weiß nicht ein, ich weiß nicht aus
und frag mich: Gibt's den Nikolaus?
Denn meine große Schwester klagt,
sie hätt' mir's doch schon längst gesagt,
denn das sei ihre Pflicht:
Den Nikolaus,
den Nikolaus,
den gibt es nicht!
Doch Ursula von nebenan,
der man fast immer glauben kann,
und der Herr Schmidt vom Nachbarhaus,
der sagt und zieht die Stirne kraus:
Er traf ihn gestern noch.
Den Nikolaus,
den Nikolaus,
den gibt es doch!

Ob ich Herrn Müller fragen soll?
Er lächelt sehr geheimnisvoll.
Mein Vetter Lutz ist ziemlich schlau
und sagt: Er weiß es ganz genau!
Sein Wort hat viel Gewicht:
Den Nikolaus,
den Nikolaus,
den gibt es nicht!
Mein Opa meint: Es könnte sein.
Mein Vater sagt energisch: Nein!
Und meine Mutter meint zum Schluss,
dass ich da selbst draufkommen muss.
Jetzt bleibt die Oma noch:
Den Nikolaus,
den Nikolaus,
den gibt es doch!

Ich weiß nicht, was ich glauben soll,
und mach mir fast die Hosen voll.
Mein Freund, der Harry, tröstet mich
und weiß doch selbst nicht mehr als ich.
Er meint voll Zuversicht:
Den Nikolaus,
den Nikolaus,
den gibt es nicht!
Es ist mir wirklich viel zu dumm.
Ich drück mich vor der Tür herum
und wär am liebsten nicht zu Haus.
Sagt, gibt es denn den Nikolaus?
Ich späh durchs Schlüsselloch.
Den Nikolaus,
den gibt es nicht ...
und vielleicht doch!

Der Nikolaus will nichts von mir.
Er klingelt nicht an meiner Tür.
Wer das noch glaubt, der tut mir leid.
Ich weiß jetzt ganz genau Bescheid!
Wer klopft da? Poch! Poch!
Den Nikolaus,
den Nikolaus,
den gibt's ja doch!

- Rolf Krenzer

Ich zünde diese Kerze an

Ich zünde diese Kerze an
und wünsche mir so sehr,
dass sie hell und kräftig,
stark und warm leuchtet.

Hell genug,
um meine Ängste
verblassen zu lassen.

Kräftig genug,
um meine Schwierigkeiten
klar zu erkennen.

Stark genug,
um meine Probleme
von allen Seiten
zu beleuchten.

Warm genug,
um dem kleinen Funken
Hoffnung in mir
neue Nahrung zu geben.

- Ursula Berg

(Kachel-) Ofen-Lied

Wenn das Holz im Ofen knistert,
Kerzenlicht im Flackern flüstert,
was die Stund' uns sagen will,
werden wir im Innern still.
Wenn wir immer wieder innehalten,
wächst uns Mut, das Leben zu gestalten.

Wenn auf Straßen, Gassen draußen
heft'ge Winde wehen, brausen
und wir uns am Feuer wärmen,
legt sich Hetzen, Mühen, Lärmen.
Wenn wir immer wieder innehalten,
wächst uns Mut, das Leben zu gestalten.

Wenn die Stunden kaum vergehen,
Uhren beinah' stille stehen,
werden wir in uns tief drinnen
Zeit und Raum und Kraft gewinnen.
Wenn wir immer wieder innehalten,
wächst uns Mut, das Leben zu gestalten.

- Klaus Huber

Leuchtkraft

Leuchte Kerze, leuchte hell
trage Freude in die Herzen,
Freude, dieser Lebensquell
vermag Leiden auszumerzen.

Leuchte Kerze, leuchte weit,
um die Wandrer heim zu führen,
die nach ruheloser Zeit
wieder Heimatliebe spüren.

Leuchte Kerze, leuchte mild,
dass wir Menschen Stille finden
und die Hoffnung sich erfüllt,
dass die Länder Frieden künden.

Leuchte Kerze, leuchte warm,
dass die Herzen nicht erfrieren
und trotz Kummer, Leid und Gram
ihre Güte nicht verlieren.

Leuchte Kerze immerdar –
du kannst Trost und Wärme spenden
und uns Menschen Jahr für Jahr
einen Hoffnungsschimmer senden.

- Irmgard Margarete Schmidt

Mein Weihnachtsstern

Eingehüllt in warmen Loden
stapfe ich durch dunklen Wald,
hart gefroren ist der Boden
und die Winternacht kommt bald.

Aller Weg ist Unbehagen,
nur ein Sternlein scheint mir hell
sein Geleite anzutragen
wie ein freundlicher Gesell.

Seh' ihn zwinkern, seh' ihn scheinen –
da wird mir ums Herz so warm;
ja, der scheint wohl mich zu meinen,
nimmt mich doch nicht auf den Arm?

Weiß man, was im Reich der Sterne
alles seine Kreise zieht?
Weiß man, was in Himmelsferne
Unerklärbares geschieht?

Niemand noch sah Engel schweben –
gibt es die denn überhaupt?
Ach, ein Rätsel ist das Leben,
wohl dem Menschen, der noch glaubt!

Einfach sagt es sich bei Tage:
Das ist so unendlich weit!
Doch im Finstern? Keine Frage!
Außerdem ist Weihnachtszeit!

Und ich sah mein Sternlein scheinen,
tief im Innern voller Glück,
sah es zwinkern und mich meinen,
und da zwinkert′ ich zurück!

- Josef Otto Schneider

Mit der Zeit lernst du

Mit der Zeit lernst du,
dass eine Hand halten nicht dasselbe ist
wie eine Seele fesseln.
Und dass Liebe nicht Anlehnen bedeutet
und Begleitung nicht Sicherheit.
Du lernst allmählich,
dass Küsse keine Verträge sind
und Geschenke keine Versprechen.
Und du beginnst,
deine Niederlagen erhobenen Hauptes
und offenen Auges hinzunehmen
mit der Würde des Erwachsenen,
nicht maulend wie ein Kind.
Und du lernst,
all deine Straßen auf dem Heute zu bauen,
weil das Morgen
ein zu unsicherer Boden ist.
Mit der Zeit erkennst du,
dass sogar Sonnenschein brennt,
wenn du zuviel davon abbekommst.
Also bestell deinen Garten
und schmücke selbst
dir die Seele mit Blumen,
statt darauf zu warten,
dass andere dir Kränze flechten.
Und bedenke,
dass du wirklich standhalten kannst ...
und wirklich stark bist.
Und dass du deinen eigenen Wert hast.

- Kelly Priest

Nikolaus für dich

Wenn ich der Nikolaus wär,
würde ich an dich denken
und dir ganz viel und noch mehr
Dinge schenken:
Viel Zeit würde ich dir bringen,
ein paar Lieder zum Singen,
Geschichten zum Tuscheln,
eine Schulter zum Kuscheln,
was Süßes zum Naschen,
ein Spielchen zum Haschen,
tolle Sachen zum Lachen
würden wir machen.
Und noch viel mehr soll es sein.
Mir fällt dazu bestimmt noch was ein.
Doch, eine Frage:
Muss ich dazu
eigentlich
Nikolaus sein?

- Elke Bräunling

Tannengeflüster

Wenn die ersten Fröste knistern,
in dem Wald bei Bayrisch-Moos,
geht ein Wispern und ein Flüstern
in den Tannenbäumen los,
ein Gekicher und Gesumm
ringsherum.

Eine Tanne lernt Gedichte,
eine Lärche hört ihr zu.
Eine dicke, alte Fichte
sagt verdrießlich: „Gebt doch Ruh!“
Kerzenlicht und Weihnachtszeit
sind noch weit!

Vierundzwanzig lange Tage
wird gekräuselt und gestutzt
und das Wäldchen ohne Frage
wunderhübsch herausgeputzt.
Wer noch fragt: Wieso? Warum? –
der ist dumm.

Was das Flüstern hier bedeutet,
weiß man selbst im Spatzennest:
Jeder Tannenbaum bereitet
sich nun vor aufs Weihnachtsfest,
denn ein Weihnachtsbaum zu sein:
das ist fein!

- James Krüss

Verse zum Advent

Noch ist der Herbst nicht ganz entflohn,
Aber als Knecht Ruprecht schon
Kommt der Winter hergeschritten,
Und alsbald aus Schnees Mitten
Klingt des Schlittenglöckleins Ton.

Und was jüngst noch, fern und nah,
Bunt auf uns hernieder sah,
Weiß sind Türme, Dächer, Zweige
Und das Jahr geht auf die Neige,
Und das schönste Fest ist da.

Tag du der Geburt des Herrn,
Heute bist du uns noch fern,
Aber Tannen, Engel, Fahnen
Lassen uns den Tag schon ahnen,
Und wir sehen schon den Stern.

- Theodor Fontane

Wer Ohren hat zu hören

Was sagt der grüne Kranz
zur Winterszeit?
Er sagt: Die Bäume ruhen aus.
Die Blätter und die Blüten träumen
im Knospenhaus.

Was sagt das erste Licht
zur Winterszeit?
Es sagt: Die Erde ist nicht tot.
Unter dem Schnee, unter dem Eis
wächst unser Brot.

Was sagt das zweite Licht
zur Winterszeit?
Es sagt: Die Sonne wird steigen.
Ein neuer leuchtender Stern
wird sich zeigen.

Was sagt das dritte Licht
am Kranz?
Es sagt: Ich bin ein Freudenschein.
Macht auf die Augen, auf die Tür,
Gott will euch nahe sein.

Was sagt das vierte Licht
am Kranz?
Es sagt: Seht, die Fremde zerbricht.
Sucht und ihr werdet Gott finden
im Menschengesicht.

- Christa Peikert-Flaspöhler

Zum Advent

Lasst uns nicht nur Kränze binden,
aufgeputzt zu äußerlicher Pracht,
lasst uns zueinander finden,
so wie einst das Fest gedacht.

Lasst uns nicht nur Lieder singen
zur Musik, die laut ertönt,
Frieden lasset in uns dringen,
welcher Freund und Feind versöhnt.

Lasst uns nicht nur Sterne schneiden,
goldgezackt, aus Glanzpapier,
lieber jenen Weg beschreiten
fort vom Ich und hin zum Wir.

Lasst uns nicht beim Licht-Anzünden
nur bewundern Glanz und Schein,
lasst uns endlich wieder ganz
in der Liebe sein!

- Elli Michler

Aus einem Weihnachts-Wunschzettel

Wir waren einst zwölf Pinien
und grünten auf Sardinien.
Da blies ein kalter Wind nach Süd
das böse Schwefel-Dioxyd
vom Po, von Stuttgart und vom Rhein.
So steh ich jetzt hier noch allein,
doch auch aufs äußerste bedroht
vom schlimmen Saure-Regen-Tod.

Drum bitt', o guter Mann im Mond,
der droben bei den Englein wohnt,
das Christkindlein auf deinen Wegen
nicht um noch mehr verseuchten Regen,
nein, um viel süßen, weißen Schnee
aus chemisch reiner Himmelshöh.
Denn sonst gibt's bald – welch arge Träume –
im Schwarzwald weder Weihnachtsbäume,
noch überlebe in Sardinien
ich, allerletzte aller Pinien.

Du lächelst gütig, wie ich sehe,
uns Nadelhölzern sehr zum Trost.
Als Koniferen-Koryphäe
bring ich dir drum ein Neujahrs-Prost!

- Emil Autenrieth

Christgeschenk

Mein süßes Liebchen! Hier in Schachtelwänden
Gar mannigfalt geformte Süßigkeiten.
Die Früchte sind es heilger Weihnachtszeiten,
Gebackne nur, den Kindern auszuspenden!

Dir möchte ich dann mit süßem Redewenden
Poetisch Zuckerbrot zum Fest bereiten;
Allein was solls mit solchen Eitelkeiten?
Weg den Versuch, mit Schmeichelei zu blenden!

Doch gibt es noch ein Süßes, das vom Innern
Zum Innern spricht, genießbar in der Ferne,
Das kann nur bis zu dir hinüber wehen.

Und fühlst du dann ein freundliches Erinnern,
Als blinkten froh dir wohlbekannte Sterne,
Wirst du die kleinste Gabe nicht verschmähen.

- Johann Wolfgang Goethe

Das Christkind

Die Nacht vor dem Heiligen Abend, da liegen die Kinder im Traum.
Sie träumen von schönen Sachen und von dem Weihnachtsbaum.

Und während sie schlafen und träumen, wird es am Himmel klar,
und durch den Himmel fliegen drei Engel wunderbar.

Sie tragen ein holdes Kindlein, das ist der heilige Christ.
Es ist so fromm und freundlich, wie keins auf Erden ist.

Und wie es durch den Himmel still über die Häuser fliegt,
schaut es in jedes Bettchen, wo nur ein Kindlein liegt.

Es freut sich über alle, die fromm und freundlich sind,
denn solche liebt von Herzen das liebe Himmelskind.

Heut schlafen noch die Kinder und sehen es nur im Traum.
Doch morgen tanzen und springen sie um den Weihnachtsbaum.

- Robert Reinick

Das Weihnachtsbäumlein

Es war einmal ein Tännelein
mit braunen Kuchenherzlein
und Glitzergold und Äpflein fein
und vielen bunten Kerzlein:
Das war am Weihnachtsfest so grün,
als fing es eben an zu blühn.

Doch nach nicht gar zu langer Zeit,
da stand´s im Garten unten,
und seine ganze Herrlichkeit
war, ach, dahingeschwunden.
Die grünen Nadeln war´n verdorrt,
die Herzlein und die Kerzlein fort.

Bis eines Tags der Gärtner kam,
den fror zu Haus im Dunkeln,
und es in seinen Ofen nahm –
hell tats da sprühn und funkeln!
Und flammte jubelnd himmelwärts
in hundert Flämmlein an Gottes Herz

- Christian Morgenstern

Das Christkind

Ich hab' heute Nacht das Christkind geseh'n,
es kam an mein Bett
und war wunderschön.
Es gab mir die Hand,
hat mit mir gelacht,
weißt du,
was ich da gemacht?

Ich habe gefragt,
ob es mir Geschenke bringt,
eine Puppe,
die richtig singt,
einen Bruder, der mit mir spielt,
und dass mein Vater mich wieder liebt.

Mit seinem blonden Haar
berührte es mein Gesicht,
es war so wunderbar,
das Zimmer voller Licht.
Ich rief ganz laut:
Liebes Christkind,
ich danke dir,
komm wieder zurück
und schenk' mir auch sonst ein wenig Glück,
weil manche Leute mir Ängste machen,
es gäbe auf der Welt
ja doch nichts zu lachen.

- Traudl Schmitt

Dein ist der Tag

Fürchtet euch nicht, hat der Engel gesprochen,
als er die Liebe umgab mit dem Licht.
Nun glaubst du, er habe sein Wort gebrochen,
nur weil es dir fehlt an der Zuversicht.

Weil du an allen Ecken und Enden
Unfrieden siehst und Gewalt,
verliert, um die Sache zum Guten zu wenden,
zum Schluss noch die Liebe in dir an Gestalt.

Dies wäre das Schlimmste, was kommen könnte,
noch schlimmer als alles zuvor,
als Einsamkeit, Schrecken, als Terror und Brände,
verschlösse dein Herz vor der Liebe das Tor.

Wenn es auch schlecht steht um alles Gerechte,
wenn auch die Angst auf dich zukommen mag,
mach dich aus Furcht nicht zum zitternden Knechte:
Dein ist die Stunde, dein ist der Tag!

- Elli Michler

Der Bratapfel

Kinder, kommt und ratet,
was im Ofen bratet!
Hört, wie's knallt und zischt.
Bald wird er aufgetischt,
der Zipfel, der Zapfel,
der Kipfel, der Kapfel,
der gelbrote Apfel.

Kinder, lauft schneller,
holt einen Teller,
holt eine Gabel!
Sperrt auf den Schnabel
für den Zipfel, den Zapfel,
den Kipfel, den Kapfel,
den goldbraunen Apfel.

Sie pusten und prusten,
sie gucken und schlucken,
sie schnalzen und schmecken,
sie lecken und schlecken
den Zipfel, den Zapfel,
den Kipfel, den Kapfel,
den knusprigen Apfel.

- Fritz und Emily Koegel

Der kleine Nimmersatt

Ich wünsche mir ein Schaukelpferd,
,ne Festung und Soldaten.
Und eine Rüstung und ein Schwert,
Wie sie die Ritter hatten.

Drei Märchenbücher wünsch' ich mir.
Und Farbe auch zum Malen.
Und Bilderbogen und Papier.
Und Gold- und Silberschalen.

Ein Domino, ein Lottospiel,
Ein Kasperletheater,
Auch einen neuen Pinselstiel.
Vergiss nicht, lieber Vater!

Ein Zelt und sechs Kanonen dann
Und einen neuen Wagen
Und ein Geschirr mit Schellen dran,
Bei'm Pferdespiel zu tragen.

Ein Perspektiv, ein Zootrop,
,ne magische Laterne,
Ein Brennglas, ein Kaleidoskop –
Dies alles hätt' ich gerne.

Mir fehlt – ihr wisst es sicherlich .
Gar sehr ein neuer Schlitten,
Und auch um Schlittschuh möchte ich
Noch ganz besonders bitten.

Und weiße Tiere auch von Holz
Und Farbige von Pappe,
Und einen Helm mit Federn stolz
Und eine Flechtemappe.

Auch einen großen Tannenbaum,
Dran hundert Lichter glänzen.
Mit Marzipan und Zuckerschaum
Und Schokoladenkränzen.

Doch dünkt dies alles euch zu viel,
Und wollt ihr daraus wählen.
So könnte wohl der Pinselstiel
Und auch die Mappe fehlen.

Als Hänschen so gesprochen hat,
Sieht man die Eltern lachen:
„Was willst du, kleiner Nimmersatt,
Mit all den vielen Sachen?

„Wer so viel wünscht" – der Vater spricht's –
„Bekommt auch nicht ein Achtel –
Der kriegt ein ganz klein wenig Nichts
In einer Dreierschachtel".

- Heinrich Seidel

Die Botschaft

Auf einer weißen Wolkendaune
ein Englein saß und blies Posaune,
blies in das große Häusermeer:
Vom Himmel hoch da komm ich her!

Die Menschen in der Großstadt Trubel,
sie ahnten nichts von diesem Jubel,
sie hasteten, sie schoben, traten,
verbissen und paketbeladen,
sie tauchten ein in Weihnachtslicht
und hörten doch die Botschaft nicht.
Und nur ein Kind, das sehnsuchtstrunken,
ganz in sein Paradies versunken,
sich plattgedrückt die kleine Nase
an einem kalten Fensterglase,
sah zwischen tausend Giebelspitzen
das Englein auf der Wolke sitzen,
erlauschte mitten im Verkehr
den Klang: Vom Himmel komm ich her ...

So lasst uns doch auf dieser Erden
nun wieder wie die Kinder werden,
dann hat, wenn froh man hört und staunt,
das Englein nicht umsonst posaunt!

- unbekannt

Die lustige Weihnacht

Heute tanzen alle Sterne,
Und der Mond ist blank geputzt.
Petrus in der Himmelsferne
Hat sich seinen Bart gestutzt.

Überall erklingt Geläute,
Fröhlich schmückt sich groß und klein,
Und die Heiligen tragen heute
Ihren Sonntags-Heiligenschein.

Es ertönen tausend Flöten,
Tausend Kerzen geben Glanz.
Und die würdigen Kometen
Wedeln lustig mit dem Schwanz.

Hinterm Zaun im Paradiese,
Gar nicht weit vom Himmelstor,
Musiziert auf einer Wiese
Auch der Engelskinderchor.

Ihre roten Tröpfelnasen
Putzen sich die Kleinen schnell,
Und dann singen sie und blasen
Auf Fanfaren, silberhell.

Jedes Jahr um diese Stunde
Singen sie nach altem Brauch.
Alle Sterne in der Runde
Lauschen – und die Menschen auch.

- James Krüss

Ein Weihnachtstraum

Im Mischwald herrschte großer Streit: „Wir werden", sprach zur Weihnachtszeit
die Eiche – schon aus Tradition die Sprecherin der Laubfraktion –
„diskriminiert, das ist gemein!" Die alten Buchen stimmten ein,
und jammernd zeigten zum Protest ganz kahle Lärchen ihr Geäst
und forderten, wie auch die Birken, vom lieben Gott, drauf hin zu wirken,
daß sie in kalten Winternächten den Menschen ähnlich Freude brächten
wie Tannen, Kiefern oder Fichten. Man könne nicht darauf verzichten,
daß er als jener, dem man glaubt, den Menschen sage: Ob belaubt,
ob schlicht benadelt oder kahl, das sei im Grunde ganz egal,
denn Unterschiede gäb es kaum. Es müsse heißen: Baum sei Baum! –
Nun hielt der Herr in diesem Falle das Wort vom „gleichen Recht für alle"
Für ausgesprochen lächerlich, doch das behielt er still für sich,
um das Gezänk nicht anzufachen. „Ich werde mir Gedanken machen",
versprach er. Und wahrhaftig: Bald erfüllte er dem ganzen Wald –
wenn auch, das gibt's ja ziemlich oft, nicht gerade so, wie erst erhofft –
den Wunsch, zum Fest was beizusteuern: Das harte Holz ließ sich verfeuern
und warf, wie Licht vom Weihnachtsbaum, ´nen warmen Schimmer in den Raum!

- Bruno Wendt

Ein Bethlehem in uns

Es führt ein Weg nach Bethlehem,
er ist für uns bereit,
dass wir ihn alle Tage gehen –
nicht nur zur Weihnachtszeit.

Ein Weg, der überall beginnt,
wo Menschen es verstehn,
das Wunder jener Heil'gen Nacht
in jedem Tag zu sehn.

Wo einer für den andern lebt
in unwegsamer Zeit.
Wo jemand Friedensbrücken baut,
und wo man Schuld verzeiht.

Ein Weg, der Kriegen und Gewalt
nicht zur Verfügung steht,
weil er durchs große schöne Land
des guten Willens geht.

Ein Weg, auf dem ein kleines Licht
ein Mensch dem andern ist,
das zeigt, wo man ihn finden kann,
den wirklich wahren Christ.

Es führt ein Weg nach Bethlehem,
er ist für uns bereit,
dass wir ihn alle Tage gehen –
nicht nur zur Weihnachtszeit.

- Cilli Kehsler

Ein Lied, hinterm Ofen zu singen

Der Winter ist ein rechter Mann,
Kernfest und auf die Dauer;
Sein Fleisch fühlt sich wie Eisen an
Und scheut nicht Süß noch Sauer.

Er zieht sein Hemd im Freien an
Und lässt's vorher nicht wärmen,
Und spottet über Fluss im Zahn
Und Kolik in Gedärmen.

Aus Blumen und aus Vogelsang
Weiß er sich nichts zu machen,
Hasst warmen Drang und warmen Klang
Und alle warmen Sachen.

Doch wenn die Füchse bellen sehr,
Wenn's Holz im Ofen knittert,
Und an dem Ofen Knecht und Herr
Die Hände reibt und zittert,

Wenn Stein und Bein vor Frost zerbricht
Und Teich und Seen krachen,
Das klingt ihm gut, das hasst er nicht,
Dann will er sich totlachen. –

Sein Schloss von Eis liegt ganz hinaus
Beim Nordpol an dem Strande;
Doch hat er auch ein Sommerhaus
Im lieben Schweizerlande.

da ist er denn bald dort, bald hier,
Gut Regiment zu führen.
Und wenn er durchzieht, stehen wir
und sehn ihn an und frieren.

- Matthias Claudius

Ein Lächeln zu Weihnachten

Es kostet nichts und bringt uns viel ein.
Es bereichert den Empfänger,
ohne den Geber ärmer zu machen.
Es ist kurz wie ein Blitz, aber die
Erinnerung daran ist oft unvergänglich.

Keiner ist so reich,
dass er darauf verzichten könnte,
und keiner so arm,
dass er es sich nicht leisten könnte.

Es bringt Glück ins Heim,
schafft guten Willen im Geschäft
und ist das Zeichen der Freundschaft.

Es bedeutet für den Müden Erholung,
für den Mutlosen Ermunterung,
für den Traurigen Aufheiterung
und ist das beste Mittel gegen Ärger.

Man kann es weder kaufen, noch erbitten,
noch leihen oder stehlen,
denn es bekommt erst einen Wert,
wenn es verschenkt wird.

- unbekannt

Erde, kleine Erde

Was singen und sagen die Sterne,
die still ihre Bahnen dort zieh'n?
Sie rufen uns zu aus der Ferne,
wenn sie in den Nächten erglüh'n:
Erde, kleine Erde,
kreisender blauer Planet,
sei so gut und werde
besser, wenn es geht.

Was sagen die Sterne am Himmel,
weit hinter dem Mars und dem Mond?
Sie rufen ins Menschengewimmel,
das diesen Planeten bewohnt:
Erde, kleine Erde,
kreisender blauer Planet,
sei so klug und werde
klüger, wenn es geht.

Was sagen die Sterne im Blauen,
die feurigen Bälle im All?
Sie sagen: Wir hören mit Grauen
von Bomben den berstenden Knall.
Erde, kleine Erde,
kreisender blauer Planet,
sei so gut und werde
friedlich. Denn das geht!

- James Krüss

Für den 22. Dezember

Die Leute rennen und pressieren, wie wenn's Matthäi am Letzten wäre. Derweil steht Weihnachten, das Fest der Stille und Ruhe, vor der Tür. Und Fresspakete schleppen sie heim, wie wenn sie zu einer Grönlandexpedition starten müssten. Und die Glöckchen in den Registrierkassen der Geschäfte klingeln: „O du fröhliche, geldausgebende, umsatzsteigernde Weihnachtszeit"!

Und der Weihnachtsengel thront in den Schaufenstern zwischen Schnapsflaschen, Unterwäsche und Dauerwurst. Der Geist der Weihnacht ist zum Weingeist geworden. Und das Christkindlein fragt bang: „Was soll ich den Menschen denn noch schenken? Sie haben alle übergenug."

Da könnte sich freilich einer mehr Zeit wünschen – eine 25. Stunde täglich! – Aber ein Politiker würde vielleicht sagen: „Gib mir den Glauben an eine bessere Zukunft!"

Und eines Managers Wunsch wäre vielleicht: „Gib mir die Herzen meiner Kinder, die ich verloren habe, wieder zurück."

Und eine alte Oma würde bitten: „Sag doch meinen Enkeln, dass das Glück nicht am Segelboot und am rassigen Sportwagen hängt, sondern dass mehr als alle Güter und Schätze die Güte der höchste Schatz ist."

Ich habe jedes Jahr die gleichen Wünsche: Ein Paar Ohrenschützer gegen den Lärm der Zeit, eine Decke, nach der ich mich das ganze Jahr strecken kann – und Zeit zum Faulenzen, denn mit dem saudummen Schaffen verplempert man seine schönste Zeit.

- unbekannt

Frohe Weihnacht überall

Frohe Weihnacht – überall?
Ob im Osten oder Westen,
in den Slums und in Palästen?
Dort, wo Elend, Angst und Not,
wo man fleht um's täglich Brot?

Frohe Weihnacht – überall?
Für die Bettler auf den Straßen,
für die Kinder, die verlassen,
für den Mann, der arbeitslos? –
Seine Sorgen sind gar groß.

Frohe Weihnacht – überall?
Für die, die jeden Halt verloren,
für die, die ungewollt geboren,
für die Frau, den Mann, das Kind,
die heimatlos geworden sind?

Frohe Weihnacht kann es werden
überall auf dieser Erden!
Überall, wo Menschen teilen,
Schmerzen lindern, Wunden heilen,
Tränen trocknen und vertrau'n,
Brücken zueinander bau'n.

Wo die Hand man gibt dem Feind,
wo der Fremde wird zum Freund,
wo Obdachlose Heimat finden,
wo wir Mauern überwinden,
wo man tröstet und verzeiht,
Licht bringt in die Dunkelheit.

Wo man leere Hände füllt,
wo der Hunger wird gestillt,
wo man legt die Waffen nieder,
wo alle Menschen Schwestern, Brüder, -
da erklingt mit lautem Schall:
FROHE WEIHNACHT,
ÜBERALL!

- Marlies Heiner

Geburt Christi

Hättest du der Einfalt nicht, wie sollte dir geschehn, was jetzt die Nacht erhellt?
Sieh, der Gott, der über Völkern grollte, macht sich mild und kommt in dir zur Welt.
Hast du ihn dir größer vorgestellt?
Was ist Größe? Quer durch alle Maße, die er durchstreicht, geht sein grades Los.
Selbst ein Stern hat keine solche Straße. Siehst du, diese Könige sind groß,
und sie schleppen dir vor deinen Schoß
Schätze, die sie für die größten halten, und du staunst vielleicht bei dieser Gift - :
Aber schau in deines Tuches Falten, wie er jetzt schon alles übertrifft.
Aller Amber, den man weit verschifft,
jeder Goldschmuck und das Luftgewürze, das sich trübend in die Sinne streut:
alles dieses war von rascher Kürze, und am Ende hat man es bereut.
Aber (du wirst sehen): Er erfreut.

- Rainer Maria Rilke

Gibt es ein Christkind?

Die achtjährige Virginia O'Hanlon aus New York wollte es ganz genau wissen. Darum schrieb sie an die Tageszeitung „Sun“ einen Brief:

Ich bin acht Jahre alt. Einige von meinen Freunden sagen, es gibt kein Christkind. Papa sagt, was in der „Sun“ steht, ist immer wahr. Bitte sagen Sie mir: Gibt es ein Christkind?
Virginia O'Hanlon.

Die Sache war dem Chefredakteur Francis P. Church so wichtig, dass er selber antwortete – auf der Titelseite der „Sun“:

„Virginia,
Deine kleinen Freunde haben nicht recht. Sie glauben nur, was sie sehen; sie glauben, dass es nicht geben kann, was sie mit ihrem kleinen Geist nicht erfassen können. Aller Menschengeist ist klein; ob er nun einem Erwachsenen oder einem Kind gehört. Im Weltall verliert er sich wie ein winziges Insekt. Solcher Ameisenverstand reicht nicht aus, die ganze Wahrheit zu erfassen und zu begreifen.
Ja, Virginia, es gibt ein Christkind. Es gibt es so gewiss wie Liebe und Großherzigkeit und Treue. Weil es all das gibt, kann unser Leben schön und heiter sein. Wie dunkel wäre die Welt, wenn es kein Christkind gäbe! Es gäbe dann auch keine Virginia, keinen Glauben, keine Poesie – gar nichts, was das Leben erst erträglich machte. Ein Flackerrest an sichtbarem Schönen bliebe übrig. Aber das Licht der Kindheit, das die Welt ausstrahlt, müsste verlöschen.
Es gibt ein Christkind. Sonst könntest Du auch den Märchen nicht glauben. Gewiss, Du könntest Deinen Papa bitten, er solle am Heiligen Abend Leute ausschicken, das Christkind zu fangen. Und keiner von ihnen bekäme das Christkind zu Gesicht – was würde das beweisen? Kein Mensch sieht es einfach so. Das beweist gar nichts. Die wichtigsten Dinge bleiben meistens unsichtbar. Die Elfen, zum Beispiel, wenn sie auf Mondwiesen tanzen. Trotzdem gibt es sie. All die Wunder zu denken – geschweige denn sie zu sehen, das vermag nicht der Klügste auf der Welt.
Was Du auch siehst, Du siehst nie alles. Du kannst ein Kaleidoskop aufbrechen und nach den schönen Farbfiguren suchen. Du wirst einige bunte Scherben finden, nichts weiter. Warum? Weil es einen Schleier gibt, den nicht einmal alle Gewalt auf der Welt zerreißen kann. Nur Glaube und Poesie und Liebe können ihn lüften. Dann wird die Schönheit und Herrlichkeit dahinter auf einmal zu erkennen sein. „Ist das denn auch wahr?“ kannst Du fragen. Virginia, nichts auf der ganzen Welt ist wahrer und nichts beständiger.
Das Christkind lebt, und ewig wird es leben. Sogar in zehnmal zehntausend Jahren wird es da sein, um Kinder wie Dich und jedes offene Herz mit Freude zu erfüllen. Frohe Weihnacht, Virginia.
Dein Francis P. Church”.

PS: Der Briefwechsel zwischen Virginia O'Hanlon und Francis P. Church stammt aus dem Jahr 1897. Er wurde über ein halbes Jahrhundert – bis zur Einstellung der „Sun“ 1950 – alle Jahre wieder zur Weihnachtszeit auf der Titelseite der Zeitung abgedruckt.

Gross-Stadt - Weihnachten

Nun senkt sich wieder auf die heim´schen Fluren
die Weihnacht! Die Weihnacht!
Was die Mamas bepackt nach Hause fuhren,
wir kriegen´s jetzo freundlich dargebracht.

Der Asphalt glitscht. Kann Emil das gebrauchen?
Die Braut kramt schämig in dem Portemonnaie.
Sie schenkt ihm, teils zum Schmuck und teils zum Rauchen,
den Aschenbecher aus Emalch glasé.

Das Christkind kommt! Wir jungen Leute lauschen
auf einem stillen heiligen Grammophon.
Das Christkind kommt und ist bereit zu tauschen
den Schlips, die Puppe und das Lexikohn.

Und sitzt der wackre Bürger bei den Seinen,
voll Karpfen, still im Stuhl, um halber zehn,
dann ist er mit sich selbst zufrieden und im Reinen:
`Ach ja, son Christfest is doch ooch janz scheen!´

Und frohgelaunt spricht er vom „Weihnachtswetter“,
mag es nun regnen oder mag es schnein,
jovial und schmauchend liest er seine Morgenblätter,
die trächtig sind von süßen Plauderein.

So trifft denn nur auf eitel Glück hienieden
in dieser Residenz Christkindleins Flug?
Mein Gott, sie mimen eben Weihnachtsfrieden…
`Wir spielen alle. Wer es weiß, ist klug.`

- Kurt Tucholsky

Hoffnungsfunken

Laßt uns viele Kerzen zünden für den Frieden auf der Welt,
daß die Terrormächte schwinden und die Erde nicht zerfällt.

Laßt uns viele Kerzen zünden für die Liebe auf der Welt,
laßt uns zueinander finden, wenn das Band der Treue fehlt.

Laßt uns viele Kerzen zünden für die Hoffnung auf der Welt,
sie kann Krisen überwinden - schon ein kleiner Funke zählt.

Laßt uns viele Kerzen zünden gegen Hunger auf der Welt,
laßt in Hilfe uns verbinden damit jeder Brot erhält.

Laßt uns viele Kerzen zünden jetzt und in der Heil'gen Nacht,
laßt die Glocken uns verkünden, daß der Schöpfer für uns wacht.

- Irmgard Margarete Schmidt

Ich wünsche euch ein frohes Fest

Ich wünsche euch ein frohes Fest
mit Schnee und Sternennächten –
und statt des Plastikbaumes einen echten
mit roten Äpfel im Geäst.

Ich wünsche euch ein frohes Fest
in heimischen Gemäuern,
auch trocknes Holz darin zum Feuern
für ein gemütlich warmes Nest.

Ich wünsche euch ein frohes Fest!
Nehmt nur die Gaben nicht zu wichtig
und auch nicht, was ihr abends esst!
Ihr seid dem Christkind Demut pflichtig.

Ich wünsche euch ein frohes Fest
und keinerlei Beschwerden,
ich wünsch' den Engel vom Podest
zu euch hinunter auf die Erden!

Ich wünsche euch ein frohes Fest!
Und plagt das Kind nicht mit Gedichten!
Seht lieber, wie sich's machen lässt,
den alten Streit zu schlichten!

Ich wünsche euch ein frohes Fest,
den Lichtschein überm Krippenstroh,
und dass in euren Blicken froh
sich Weihnachtsglanz noch spiegeln läst!

- Elli Michler

In Weihnachtszeiten

In Weihnachtszeiten reis' ich gern
Und bin dem Kinderjubel fern
Und geh' in Wald und Schnee allein.
Und manchmal, doch nicht jedes Jahr,
Trifft meine gute Stunde ein,
Dass ich von allem, was da war,
Auf einen Augenblick gesunde
Und irgendwo im Wald für eine Stunde
Der Kindheit Duft erfühle tief im Sinn
Und wieder Knabe bin ...

- Hermann Hesse

Kerzenmannes Logik

„Welche Kerze brennt denn länger?"

So
fragte ich den Kerzenmann
und ich schau mir seine Menge
wunderschöner Kerzen an.

„Keine",
sagt er mir ganz schlau,
„sie brennen kürzer,
gute Frau!"

Da lachte ich aus vollem Herzen
und kaufte mir drei Honigkerzen.

- Evelis Reichhardt

Kinderwünsche bleiben jung

Lieber, guter Weihnachtsmann,
weißt du nicht, wie's um uns steht?
Schau dir mal den Globus an.
Da hat einer dran gedreht.

Alle stehn herum und klagen.
Alle blicken traurig drein.
Wer es war, ist schwer zu sagen.
Keiner will's gewesen sein.

Uns ist gar nicht wohl zumute.
Kommen sollst du, aber bloß
mit dem Stock und mit der Rute.
(Und nimm beide ziemlich groß.)

Breite deine goldnen Flügel
aus, und komm zu uns herab.
Dann verteile deine Prügel.
Aber bitte nicht zu knapp.

Lege die Industriellen
kurz entschlossen übers Knie.
Und wenn sie sich harmlos stellen,
glaube mir, so lügen sie.

Ziehe denen, die regieren,
bitteschön, die Hosen stramm.
Wenn sie heulen und sich zieren,
zeige ihnen ihr Programm.

Komm, und zeige dich erbötig,
und verhau sie, dass es raucht!
Denn sie haben's bitter nötig.
Und sie hätten's längst gebraucht.

Komm, erlös uns von der Plage,
weil ein Mensch das gar nicht kann.
Ach, das wären Feiertage,
lieber, guter Weihnachtsmann!

- Erich Kästner

Stadtkinder

Erleben eigentlich Stadtkinder Weihnachtsfreuden? Erlebt man sie heute noch? Ich will es allen wünschen, aber ich kann nicht glauben, dass das Fest in den engen Gassen der Stadt das sein kann, was es uns Kindern im Walde gewesen ist.

Der erste Schnee erregte schon liebliche Ahnungen, die verstärkt wurden, wenn es im Hause nach Pfeffernüssen, Makronen und Kaffeekuchen zu riechen begann, wenn am langen Tische der Herr Oberförster und seine Jäger mit den Marzipanmodeln ganz zahme, häusliche Dinge verrichteten, wenn an den langen Abenden sich das wohlige Gefühl der Zusammengehörigkeit auf dieser Insel, die Tag um Tag stiller wurde, verbreitete.

In der Stadt kam das Christkind nur ein Mal, aber in der Riss wurde es schon Wochen vorher im Walde gesehen; bald trat der, bald jener Jagdgehilfe mit der Meldung herein, dass er es auf der Jachenauer Seite oder hinterm Ochsensitzer habe fliegen sehen.

In klaren Nächten musste man bloß vor die Türe gehen, dann hörte man vom Walde herüber ein feines Klingen und sah in den Büschen ein Licht aufblitzen. Da röteten sich die Backen vor Erregung, und die Augen blitzten vor freudiger Erwartung. Je näher aber der Heilige Abend kam, desto näher kam auch das Christkind ans Haus, ein Licht huschte an den Fenstern des Schlafzimmers vorüber, und es klang wie von leise gerüttelten Schlittenschellen.

- Ludwig Thoma

Mein Weihnachten

Die Liebe hat sich ein Haus gesucht,
kein festes aus Stahl und Beton und Glas.

Die Liebe hat sich den Stall gewählt,
windschief, zugig und nass.

Die Liebe ist kein gesicherter Ort,
so wie des Königs Palast.

Die Liebe, sie zittert, sie leidet Not,
und trägt eine schwere Last.

Die Liebe hat sich den Platz gewählt,
wo sie not tut, wo sonst nichts mehr zählt.

Glückselig der Ort.
Glückselig das Herz,
das aus der Liebe sein Leben nährt.

- Hedwig Beckmann

Noch 53 Tage bis Weihnachten

Als vor dreiunddreißig Jahren
Lilo ihren Egon kriegte,
schenkten sie sich gegenseitig
einen Kuss, und das genügte.

Es war Weihnacht, muss man wissen,
und ein Jahr verlief im Husch.
Egon schenkte Lilo Blumen,
Lilo Egon Wilhelm Busch.

Jahrs darauf bekam die Lilo
Crem und Spray für die Frisur.
Und der Egon schenkte Lilo
eine altgekaufte Uhr.

Viele Weihnachtsfeste folgten
und Geschenke noch viel mehr,
immer bessere, immer feinere,
immer größere mussten her.

Schenkte sie ein Ölgemälde,
schenkte er ´ne Perlenschnur;
schenkte Lilo einen Smoking,
schenkte Egon eine Kur.

Zu ´ner Schraube ohnegleichen
artete die Schenksucht aus:
Lilo schenkte ihm ein Auto,
Egon ihr ein Ferienhaus.

Und nun ist bald wieder Weihnacht.
Ach, was schenken sie sich dann?
Lilo lacht: „Mal ganz was andres!"
Und dasselbe sagt ihr Mann.

Lilo wählt für ihren Egon
einen Schlips in rot und grau.
Egon kauft ´nen Wassereimer,
himmelblau für seine Frau.

Und nun freuen sie sich beide,
denken an das erste Jahr,
als die große Schenkeritis
noch nicht ausgebrochen war.

Wenn dann Lilo ihren Eimer,
seinen Schlips der Egon kriegt,
schenken sie sich noch wie damals
einen Kuss, und das genügt.

- unbekannt

O Heiliger Abend

„Leise rieselt der Schnee“
erklingt im Radio die bekannte Melodie.
Doch es regnet.
Der Schnee ist grau geworden,
schmilzt dahin.
Und dichter Nebel lässt die Natur
hinter einem Schleier
nur erahnen.

„O du fröhliche, o du selige“
singt ein Kinderchor,
mit glockenhellen Stimmen.
Doch tief im Innern sieht es trostlos aus.
Jeder denkt nur an sich.
Und Egoismus zerstört
die Gemeinsamkeit, die Familie,
die Freude am Leben.

„Süßer die Glocken nie klingen“
schallt es aus den Lautsprechern.
Doch die Töne klingen alles andere als süß.
Sie sprechen von hungernden Menschen,
von grausamer Folter,
von Krieg und Elend
in unserer kleiner
werdenden Welt.

„Stille Nacht, heilige Nacht“.
Können wir das in unserer Zeit
noch singen?
Bei diesen bedrückenden Nachrichten,
bei aller Hektik dieser Tage?
Und doch!
Ein Augenblick der Stille macht es möglich
in uns hinein zu hören:

Im Herzen klingt leise
die weihnachtliche Weise.
Es hebt sich der Schleier,
das Auge wird freier.
Ein Licht in der Nacht
hat die Botschaft gebracht:
Ein Kind ist geboren,
wir sind nicht verloren.
Den Menschen auf Erden
soll Friede werden.
Herr, mach uns dazu bereit!
Nicht nur zur Weihnachtszeit.

- Günter Neidinger

Schenken heißt denken

Man sollte beim Schenken geistreich sein.
Aber Geist hin, Geist her –
oft fällt uns nichts ein.
Und schenken ist schwer!

Da tüfteln verlegen Monsieur und Madam'
an ihrem Weihnachtsgeschenk-Programm:
Nehmen wir Briefpapier, Seife, Parfüm,
die Taschentücher mit blauem Geblüm?
Den Beutel aus Leder?
Doch den schenkt jetzt Jeder.
Oder die matte
getupfte Krawatte?
Das Plauscheckentier, den Plüschhampelmann?
Ja, schenken strengt an.

Man sollte beim Schenken persönlich sein
und beim Wählen nicht so gewöhnlich sein.
Die berühmte nichtssagende „Aufmerksamkeit“
lohnt weder den Aufwand an Geld noch an Zeit.
Sich in die Wünsche des andern versenken
ist wichtig. – Schenken heißt denken!

- Elmar Ellis

Schlichte Fichte

Die Einstellung der Menschen zum Christbaum ist keine einheitliche. Abgesehen von denen, die gar keinen Christbaum mögen, divergieren auch die Ansichten der zum Christbaum positiv eingestellten Leute ganz gewaltig. Meistens stammt die Idealvorstellung „Christbaum“ aus Kindertagen. Entweder will man so einen, wie man ihn als Kind hatte, weil man mit ihm zufrieden war, oder man hat seine Kinderchristbäume als „Feindbild“ und will einen ganz anderen.
Schwierig wird es, wenn zwei Leute mit verschiedenen Christbaumidealen zu einem Kompromiß kommen müssen.
Er sagt: Fichte schlicht! Nicht höher als einen Meter!
Sie sagt: Silbertanne doppelt, bis zur Zimmerdecke!
Er sagt: Weiße Kerzen, Engelshaar und sonst nichts!
Sie sagt: Ketten, Lametta, Sternspucker, Glaskugeln, Zuckerln und überhaupt alles, was man aufhängen kann!
Da Weihnachten Männer milde stimmt und Frauen von Natur hartnäckiger sind, ist anzunehmen, dass „ Sie“ ihren Willen durchsetzt und eine große Silbertanne erstanden wird. Auch ist anzunehmen, dass der Heimweg friedlich verläuft, weil „Er“ zu Weihnachten ohne Murren im nahen Supermarkt eine billige Dachgalerie ersteht, um das grüne Monstrum verkehrssicher nach Hause zu transportieren, wobei „Sie“ ihn tröstet: „Eine Dachgalerie kann man immer brauchen!“
Aber zu Hause, das weiß ich aus Erfahrung, wird es schlimm. Im Freien nämlich wirken Bäume viel kleiner als im Wohnzimmer, man kann sich da leicht verschätzen. Und „Sie“ hat jetzt wirklich keine Zeit, dem Baum die unteren neunzig Zentimeter abzusägen. Und wie ein dicker Stamm in ein kleines Kreuz zu zwängen ist, ist ja nun wirklich Männersache!
Letztlich könnte es aber sein, dass „Er“ und „Sie“ doch noch zu einem artigen Kompromiß kommen, weil „Sie“ vergessen hat, wo sie nach dem sommerlichen Großreinemachen die Schachteln mit dem Christbaumschmuck hingetan hat.
Also sitzen dann „Er“ und „Sie“ des Abends vor dem schönen, grünen Kompromiß. Der Baum ist so groß, wie „Sie“ wollte, und so „kahl“ wie „Er“ wünschte, und „Er“ und „Sie“ können wieder lieb zueinander sein.

- Herbert Weider

Tanz der Sterne

In einer stillen Winternacht,
als ich durch's Tal gegangen,
da haben rings die Sterne sacht
zu tanzen angefangen.

Der Große Bär schlug wie im Traum,
nicht schonend Arm und Beine,
am Himmel einen Purzelbaum,
als ob er ganz alleine.

Orion, groß als Jägersmann,
stößt in sein Waldhorn mächtig:
Die Jagd ist auf, bläst er und dann
schallt´s himmelwärts gar prächtig.

Kastor und Pollux wohl bekannt
durch sagenhafte Namen,
die sah ich tanzen Hand in Hand
und gänzlich ohne Damen.

Die Kassiopeia hob ihr Haupt,
das stolz erstrahlt im Glanze,
weil allen Ernstes sie geglaubt,
der Fuhrmann käm' zum Tanze.

Doch was die Jungfrau sich gedacht,
als sie den Stier erblickte,
ihr wirklich keine Ehre macht –
das passt auf die Verrückte!

Des Kleinen Wagens Deichsel schwang
vor Übermut zur Krone,
doch der Polarstern still besang
den Herrn im Himmelsthrone.

Da wurde mir, dem Erdling, klar,
warum die Freudenklänge,
warum so wunderlich mir war
um Tänze und Gesänge.

Die Sterne freu´n sich himmelweit
des Friedens ihrer Welten
und jauchzen, dass zur Weihnachtszeit
der Liebe Maße gelten.

Der schönste aber, der da stumm
im hellsten Licht erstrahlte,
der wusste auch genau warum
bescheiden er nicht prahlte.

Sein Licht erhellte ehedem,
als Gott zur Welt gekommen,
die Dunkelheit zu Bethlehem,
die er mit sich genommen.

Solang er steht im Sternenzelt
und strahlt in dunklen Nächten,
solang ist Friede in der Welt,
den Guten und Gerechten.

Doch ist sie da, die Nacht des Herrn,
mit allen ihren Gaben,
dann such dir diesen Weihnachtsstern,
und du wirst Frieden haben.

- Josef Otto Schneider

Wann fängt Weihnachten an?

Wenn der Schwache
dem Starken die Schwäche vergibt,
wenn der Starke
die Kräfte des Schwachen liebt,
wenn der Habewas
mit dem Habenichts teilt,
wenn der Laute
bei dem Stummen verweilt
und begreift,
was der Stumme ihm sagen will,
wenn das Leise
laut wird
und das Laute
still,
wenn das Bedeutungsvolle
bedeutungslos,
das scheinbar Unwichtige
wichtig und groß,
wenn mitten im Dunkel
ein winziges Licht
Geborgenheit,
helles Leben verspricht,
und du zögerst nicht,
sondern du
gehst
so wie du bist
darauf zu,
dann,
ja dann
fängt Weihnachten an.

- Rolf Krenzer

Wege zur Weihnacht

Ich glaube, dass trotz Abweisen
Und Voreingenommensein,
sich immer wieder Tore öffnen,

trotz Verirren und Verlieren
sich neue Wege finden

und dass der Mensch
trotz Zurückhaltung
sich immer wieder verschenken kann.

Ich glaube trotz Elend und Feindlichkeit,
die die Welt erschüttern,
an das Wunder der Liebe,

denn Christus wird immer wieder
und überall für uns geboren,

und aus diesem Licht
erstehen Liebe, Hoffnung und Frieden

- Traudl Schmitt

Weihnachten

Markt und Straßen stehn verlassen,
Still erleuchtet jedes Haus,
Sinnend geh' ich durch die Gassen,
Alles sieht so festlich aus.

An den Fenstern haben Frauen
Buntes Spielzeug fromm geschmückt,
Tausend Kindlein stehn und schauen,
Sind so wunderstill beglückt.

Und ich wandre aus den Mauern
Bis hinaus ins freie Feld,
Hehres Glänzen, heil'ges Schauern!
Wie so weit und still die Welt!

Sterne hoch die Kreise schlingen;
Aus des Schnees Einsamkeit
Steigt's wie wunderbares Singen:
O du gnadenreiche Zeit!

- Joseph Freiherr von Eichendorff

Weihnachten

Am Heiligen Abend löste eine verirrte Maus
im Elektrizitätswerk einen Kurzschluss aus.
Lichter und Kerzen erloschen, Millionen Watt.
Plötzlich alles dunkel und still in der Stadt.
Da auch die Radio- und Fernsehgeräte nicht gingen,
musste man „O du fröhliche“ selber singen;
Dr. theol. Rösch musste, ähnlich den Propheten,
statt vom Manuskript aus dem Herzen reden.
Und irgendwo entzündete Jemand ein kleines Licht
und sagte zu seinem Kind: „Fürchte dich nicht!“

- Otto Heinrich Kuhn

Weihnacht

In der Krippe das Kind – es ist, wie ich find, zu Sündern und Frommen als Retter gekommen;
ich hörte früh schon: Es ist Gottes Sohn ...

Kommt, laßt uns dran denken, das Kind zu beschenken, von Herzen und leise, auf unsre Weise;
mit Liebe geht's schon, es ist Gottes Sohn ...

Wie wär's, wenn wir‘s wagen, uns öffnen und sagen: Wir helfen und geben dem Nächsten zu leben;
gelingen wird's schon, mit ihm – Gottes Sohn ...

In der Krippe das Kind – wir allesamt sind, ob heute, ob morgen, bei Jesus geborgen;
wir brauchen ihn schon, den Herrn – Gottes Sohn ...

- Karl Pfeffer

Weihnachten aus der Sicht verschiedener Berufe
(Weihnachtliches Scherzgedicht)

Den APOTHEKR freut der Brauch,
daß man zur Weihnacht stopft den Bauch;
weil mancher über Fülle klagt,
sind seine Pillen sehr gefragt.

Der UNTERNEHMER denkt per se
an eine „Jesulein AG",
die man global vermarkten kann
mit Volksaktien für jedermann.

Der MARKETING - MANN ungeniert
sagt: „Weihnacht ist falsch konzipiert".
Mehr Gags und Action müssten rein
und auch modernes Popdesign.

Dem REGISSEUR fehlt irgendwie
das dramaturgische Genie;
„Im ersten Akt den Kindsmord schon,
spricht dem Gesetz der Spannung Hohn".

Der MODEMACHER hat im Sinn:
„Was passt zu Fichtennadelgrün?
Bei Silber, rät der Farbstylist,
trägt man Rosé und Amethyst.

Der PFARRER sinnt vor dem Altar:
„Es ist das gleiche jedes Jahr.
Man predigt edle Christenpflicht,
doch ändern tut's die Menschheit nicht".

Der WINZER träumt die Weihnacht gar
mit doppel „n", und einem „h".
Auch, sollt die frohe Botschaft sein:
Das Heil der Welt liegt n u r im Wein.

Die HEBAMME blickt klug voraus,
denn jene kennt sich bestens aus.
Sie weiß, daß um die Weihenacht
man neue „Jungfrau-Kinder" macht.

Dem HERRN VOM STANDESAMT suspekt,
scheint die Empfängnis unbefleckt.
So schließt er denn, trotz Heiligschein,
könnt Josef wohl der Esel sein.

Der DIRIGENT und MUSIKUS
denkt: „Wär mit Weihnacht nur bald Schluß",
denn täglich plagt den Chorgesell
ein Ohrwurm namens: „Jingle Bell".

Ein MODERATOR im Advent
schaut aus nach Sprüchen exzellent
zu Christkind, Stall und Engelschar;
dann nimmt er die vom letzten Jahr.

- Fritz Hans Rückel

WEIHNACHTEN (Gestern)

Welche Spannung, welches Knistern, verschloss'ne Türen, leises Flüstern.
Heimlichkeiten im Advent, Märchen, die man noch nicht kennt.

Vater schnitzt Figur'n im Keller, Plätzchen liegen auf dem Teller.
Freude auf den Weihnachtsmann, endlich ist er da und dann ...

Welch ein Jubel in den Stuben, bei den Mädchen und den Buben.
Dankbarkeit und frohes Singen, Freude an den kleinen Dingen.

Puppenstube, Schaukelpferd, Gänsebraten, warmer Herd.
Zum Gebet die Hände falten, im Kreis geborgen auch die Alten.

Lebkuchen, Nüsse, Weihnachtsbaum, Kinderlachen füllt den Raum.
Große Freude jetzt bereits, auf's Schlittenfahren, draußen schneit's.

WEIHNACHTEN (Heute)

Seit September Lichterketten, Süßigkeiten auf Paletten.
Von der Werbung voll gedröhnt, alle Welt vor Hektik stöhnt.

Menschen schieben sich gequält, es wird gefaxt und wird gemailt.
Das Fest, das man von früher kennt, ist verkommen zum Event.

Wir sind nur noch schrill und laut, unsre Sprache ist versaut.
Bei McDonald's tropft das Fett, Weihnachten im Internet.

Unter home page www. Christkind/Weihnachtsmann.de
In Heimen werden abgegeben, die Alten, die ja auch noch leben.

Katzen, Hunde, aller Rassen, im Tierasyl zurückgelassen.
Südseereise ist gebucht und jeder vor sich auf der Flucht.

- Hanns-G. Friese

Weihnachts - Märchen

Ich war in einem Weihnachtsladen – er hat erst kürzlich aufgemacht –
und hab von dort verschied´ne Waren sehr hübsch verpackt nach Haus gebracht.

Schon in der Tür erklingt ein Glöckchen – der helle Ton lockt jeden an –
und Englein, in weißgold´nen Röckchen, verkaufen für den Weihnachtsmann.

Das Angebot ist ganz gewaltig, in Tüten, Gläsern, Schachteln, Flaschen,
in Form und Farbe vielgestaltig, in tausend Überraschungstaschen.

Du darfst in aller Ruhe wählen, mit Muße und mit Phantasie.
Die Kasse wird dein Lächeln zählen, als Wechselgeld gibt's Sympathie.

Der Clou des Ladens aber ist – und dies Geheimnis muß man hüten –
daß niemand weiß was drinnen ist, in den gekauften Wundertüten.

Erst Heiligabend wird sich's weisen was man erworben im Vertraun.
Man wird den Weihnachtsladen preisen zu Hause unterm Lichterbaum.

Ich packte aus: Ein Tütchen LIEBE
und eine Schachtel HEITERKEIT.
Ein kleines Fläschchen HERZENGÜTE
dazu ein Glas GELASSENHEIT.
Drei Kästchen RUHE, FREUDE, FRIEDEN
und einen Korb GEBORGENHEIT.
Ein Körnchen WAHRHEIT, GLÜCK und SEGEN
und einen Zweig ZUFRIEDENHEIT.
Und in dem letztem Tütchen steckte
speziell für dich: GANZ VIEL VIEL ZEIT.

- Evelis Reichardt

Weihnachtsfabel

Die Tiere diskutierten einmal über Weihnachten. Sie stritten, was wohl die Hauptsache an Weihnachten sei. "„na klar, Gänsebraten“, sagte der Fuchs, „was wäre Weihnachten ohne Gänsebraten!“ „Schnee“, sagte der Eisbär, „viel Schnee!“ Und er schwärmte verzückt: „Weiße Weihnachten !“ Das Reh sagte: „Ich brauche aber einen Tannenbaum, sonst kann ich nicht Weihnachten feiern.“ „Aber nicht so viele Kerzen“, heulte die Eule, „schön schummrig und gemütlich muß es sein, Stimmung ist die Hauptsache!“ „Aber mein neues Kleid muß man sehen“, sagte der Pfau,
„wenn ich kein neues Kleid kriege, ist für mich kein Weihnachten!“ „Und Schmuck“, krächzte die Elster, „jedes Weihnachtsfest krieg ich was: Einen Ring, ein Armband, eine Brosche oder eine Kette. Das ist für mich das Allerschönste.“ „Na aber bitte, den Stollen nicht vergessen“, brummte der Bär, „das ist doch die Hauptsache. Wenn es den nicht gibt und all die süßen Sachen, verzichte ich auf Weihnachten.“ „Macht’s wie ich“, sagte der Dachs, „pennen, pennen, pennen, das ist das Wahre!
Weihnachten heißt für mich: Mal richtig auspennen!“ „Und saufen!“ ergänzte der Ochse. „Mal richtig saufen und dann pennen.“ Aber dann schrie er „AUA!“, denn der Esel hatte ihm einen gewaltigen Tritt versetzt: „Du Ochse, denkst du denn nicht an das Kind?“ Da senkte der Ochse beschämt den Kopf und sagte: „Das Kind, ja das Kind, DAS IST DOCH DIE HAUPTSACHE.“ „Übrigens“, fragte er dann den Esel: „WISSEN DAS DIE MENSCHEN EIGENTLICH?“

- unbekannt

Weihnachtswünsche

„Was wär die Weihnacht ohne Wünsche?“ hab ich im Stillen mich gefragt.
Und leise hat in meinem Innern, das Herz die Antwort mir gesagt:

Die Welt, sie wär um vieles ärmer, denn ohne Wünsche hofft man nicht;
und ohne Hoffnung ist das Leben wie eine Nacht, ganz ohne Licht.

Wie arg enttäuscht wär erst die Liebe – vom Weihnachtszauber ganz durchtränkt –
gäb's niemand der von ihr was wünschte, weil sie nichts lieber tut als schenkt.

Und außerdem, so im Geheimen, in allen Wünschen dieser Zeit,
da steckt die liebenswerte Sehnsucht nach alter Kinderseligkeit.

„Wie gut, mein Herz,“ hör ich mich sagen, „daß du mir meine Wünsche läßt.“
Weil dem so ist, wünsch ich uns allen: ein gnadenreiches Weihnachtsfest.

- Cilli Kehsler

Weihnachtswunsch eines Liebhabers

Hol dir beim Einkauf nicht den Rest
und gib nicht zuviel aus:
Ich wünsche mir zum Weihnachtsfest
nur dich, wenn auch frei Haus.

Wenn du's genau nimmst, sparst du dir
dadurch enorm viel Last.
A – brauchst du kein Geschenkpapier
und weißt, dass du mir passt.

B – ist die Gabe endlich mal
was Ungewöhnliches
und außerdem auf jeden Fall
was sehr Persönliches.

C – wäre ich bei dem Geschenk
vor Weihnachtsfreude stumm.
Und dann sei dessen eingedenk:
Ich tausch dich niemals um.

- Mia Jertz

Weihnachts-Wunschzettel

Liebes Christkind, sei so lieb,
bring uns keine Gaben,
die es auch im Kaufhaus gibt,
weil wir die schon haben.

Bring uns mehr Verbundenheit,
schenk uns Ruhe, Einkehr, Rast,
nur ein kleines bisschen Zeit
statt der Eile und der Hast.

Bring uns keine Pfefferkuchen,
die bei uns verderben,
während andre Nahrung suchen,
Hunger leiden und dran sterben.

Schenk uns eine harte Nuss,
die wir knacken müssen.
Weich macht uns der Überfluss,
wenn wir nichts vermissen.

Bring uns Mut und Tapferkeit,
Wahres laut zu sagen
und des andern Not und Leid
liebend mitzutragen.

Bring uns einen Tannenbaum
aus gesundem Walde.
O welch schöner Weihnachtstraum.
Christkind, komm doch balde!

- Elli Michler

Weihnachtszeit

Zeit für Kinder
Zeit für Wunder
Lichterzeit in dunkler Zeit

Zeit zum Wünschen
Zeit zum Träumen
Einkehrzeit in High-Tech-Zeit

Zeit zum Sprechen
Zeit zum Hören
Stille Zeit in schriller Zeit

Zeit der Hoffnung
Zeit der Liebe
Wartezeit und Wandlungszeit

Umkehrzeit ...
Neue Menschen
Weltenweit
Friedenszeit?

- Brigitte Gaschler

Wiegenlied

Hier unten im Turme hier wehet kein Wind,
hier betet die Mutter und wiegt ihr Kind,
und hat von der Wiege zur Krippe ein Band
von Glaube und Hoffnung und Liebe gespannt.

Weit über die Meere die Sehnsucht sie spinnt,
dort sitzet Maria und wiegt ihr Kind,
die Engel, die Hirten, drei König und Stern
und Öchslein und Eslein erkennen den Herrn.

Wohl über dem Monde und Wolken und Wind
mit Zepter und Krone steht Jungfrau und Kind.
Hier unten wards Kindlein am Kreuz ausgespannt,
dort oben wiegts Himmel und Erd auf der Hand.

Komm mit, laß uns fliegen zu Maria geschwind,
komm mit! Und lern biegen dein Knie vor dem Kind,
komm mit! Schnür dein Bündlein, schon führet die Hand
Maria dem Kindlein, es segnet das Land.

- Clemens von Brentano

Zu einem goldnen Ringe wächst das Licht der kleinen Kerze, die ins Dunkel bricht.
Wir wachsen näher Gottes Stunde zu, wir hören seine Schritte, ich und du.
Und unsre Seele wird ein stilles Land, wir spüren leise wieder Gottes Hand.
Es ist die Zeit der großen Wiederkehr! Es ist die Zeit der Heimkehr aller Dinge!
Es ist die Zeit der großen Liebe angebrochen: Singe, Seele, singe !

- Maria Nels

Wenn jedes Licht, das wir ins Fenster stellen, ein ehrliches Gebet wäre, und jede Kerze, die wir anzünden, ein gutes Wort oder eine liebevolle Geste, wenn jeder hell erleuchtete Tannenbaum ein Stück Brot wäre, ein Paar Schuhe und eine warme Decke für die Ärmsten der Welt – dann würden wir vielleicht erfahren, was das wirklich ist – die „Heilige" Nacht.

- Rainer Haak

Wenn wir anfangen, uns alle zu lieben,
dann hat der Himmel schon begonnen.

- Ernesto Cardenal

Zur Weihnachtszeit

Die alte Hoffnung tut sich wieder vor uns auf,
und wieder nehmen wir das Hasten und das Rennen,
wenn wir nur andren Freude machen können,
beim Liebesgaben-Reigen gern in Kauf.

Und wieder tauchen wir im großen Rummel unter
und klagen, alles sei doch nur Geschäft.
Doch guter Wille ist noch stets darunter.
Das schreiben Engel sich ins goldne Heft.

Am Ende spüren wir, was doch recht sonderbar:
Die Kräfte fehlen zwar und auch die Zeit –
und dennoch stehen wir wie jedes Jahr
zum Schluss vorm Lichterbaum im Festtagskleid
und singen diese schönen alten Lieder.
Ganz langsam brennt das Wachs im
Kerzenständer nieder –
und staunend nehmen wir
das Weihnachtswunder wahr.

- Elli Michler

An das neue Jahr

Neues Jahr, sei uns willkommen
mit allen Tagen, schwer und leicht,
du bringst uns Regen, schenkst uns Sonnen.
Ob dein Aufruf uns erreicht?

Zu viele Fragen stehen offen:
Können wir vertrauen,
was die Zeit uns sagt?
Können wir auf Wunder hoffen,
wenn schon das Kind nach Frieden fragt?

Neues Jahr, schenk uns die Zuversicht,
lass Lichter aufgehn in den dunklen Launen.
Zeig uns die Liebe und das Sonnenlicht
zur Lebensfreude und zum Staunen.

- Traudl Schmitt

Neues Jahr, alte Hoffnung......

Das Jahr ist neu, die Hoffnung alt,
dass endlich Krieg und Leid vergehen,
dass Liebe siegt und nicht Gewalt,
dass Menschen neue Wege gehen.

Dass sie in Toleranz sich üben
und nicht so laut nach Rache schrei'n,
dass sie ihre Brüder lieben
uns bereit sind zu verzeih'n.

- Brigitte Gaschler

Auf ein Neues

Das Jahr hat seine Pflicht getan,
es schickt sich nun zum Gehen an.
Nimmt etwas mit von meiner Zeit
und schreibt darauf Vergangenheit.
Ich sage leise: „Danke schön“ dem,
der mir half, durch’s Jahr zu geh’n.
Schick eine Bitte hinterher,
dass er im Neuen bei mir wär’.
Das Neue Jahr steht schon am Start
bereit für ein Stück Lebensfahrt.
Drum packe ich zu diesem Zweck
ein frisches Reise-Hand-Gepäck.
Vertrauen lege ich hinein
und ein Stück Hoffnung, nicht zu klein.
Mit Vorsätzen, so ganz konkret,
es nicht zum Besten um mich steht.
Lass ich im Überschwang sie los,
sind meist paar Nummern sie zu groß.
Den guten Willen als Ersatz
leg ich statt dessen an den Platz.
Vom letzten Jahr das Flügelstutzen
soll mir jetzt als Erfahrung nutzen.
Für dunkle Zeiten fehlt noch Licht,
ich nehm dazu die Zuversicht.
Den Wunsch, dass mir erhalten bleibt
das Glück der Seelen-Heiterkeit.
Geduld als Kompass obendrauf.
Komm, Neues Jahr nimm deinen Lauf
und nimm mich mit, ich bin bereit,
gib mir zum Leben deine Zeit.

- Cilli Kehsler

Bitte einsteigen

In des Jahres letzten Stunden
nimmt die Zeit uns bei der Hand,
führt uns aus vertrautem Gestern
in ein neues, fremdes Land.

Bringt uns an die Haltestelle
für die Fahrt ins neue Jahr,
gibt uns nur die Abfahrtszeiten
ohne jeden Kommentar.

Schreibt in neue Streckenpläne,
die kein Mensch durchschauen kann,
jeden Fahrgast mit dem Namen
für den Zustieg in die Bahn.

Sagt zu all den vielen Fragen,
wie die Fahrt wohl werden wird,
nur soviel, dass sie, wie immer,
mitten durch das Leben führt.

Freuen wir uns auf die Reise
in dem großen Zug der Zeit,
füllen wir den Reisekoffer
mit ganz neuer Dankbarkeit.

Ist auch in der ersten Klasse
kein Abteil für uns geplant,
bringt oft ein bescheidnes Reisen
viel mehr Freude als man ahnt.

- Cilli Kehsler

Champagner

Fünfmalhunderttausend Teufel kamen einstens in die Welt, aber, ach die armen Teufel
hatten keinen Heller Geld. Alle fingen an zu winseln, alle fingen an zu schrein.
Keiner von den armen Pinseln wußte weder aus noch ein.

Da sprach Pipifax der Kleine: Ihr seid dumm wie Bohnenstroh; ich allein, ja, ich alleine
bin ein Teufel comme il faut! Ihr habt Durst und nichts zu trinken, freilich ist das Teufelsqual.
Seht ihr dort nicht Fenster blinken? Dorten winkt uns der Pokal.

Hurra! Schrie´n alle Teufel und spazierten stracks hinein, leerten schnell zehntausend Flaschen
von dem allerbesten Wein. Sangen drauf im wilden Chore: Nichts geht über Lieb‘ und Wein!
Und sie tranken con amore in die späte Nacht hinein.

Als der Hahn fing an zu krähen und die Flaschen alle leer und die Teufel schon betrunken,
da kam Satanas daher. Sperrte in die leeren Flaschen die betrunknen Teufel ein
und verpichte dann die Flaschen, zwängt‘ mit Draht die Pfropfen ein.

Fünfmalhunderttausend Teufel sind in Flaschen festgebannt, jede dieser Teufelsflaschen
wird Champagnerwein genannt. Wenn die Stöpsel munter knallen, öffnet sich der Freude Schoß,
Lieder ringsumher erschallen, ja, dann ist der Teufel los.

- Eduard Maria Oettinger

Der Januar

Das Jahr ist klein und liegt noch in der Wiege.
Der Weihnachtsmann ging heim in seinen Wald.
Doch riecht es noch nach Krapfen auf der Stiege.
Das Jahr ist klein und liegt noch in der Wiege.
Man steht am Fenster und wird langsam alt.

Die Amseln frieren. Und die Krähen darben.
Und auch der Mensch hat seine liebe Not.
Die leeren Felder sehnen sich nach Garben.
Die Welt ist schwarz und weiß und ohne Farben.
Und wär so gerne gelb und blau und rot.

Umringt von Kindern wie der Rattenfänger,
tanzt auf dem Eise stolz der Januar.
Der Bussard zieht die Kreise eng und enger.
Es heißt, die Tage würden wieder länger.
Man merkt es nicht. Und es ist trotzdem wahr.

Die Wolken bringen Schnee aus fremden Ländern.
Und niemand hält sie auf und fordert Zoll.
Silvester hörte man's auf allen Sendern,
dass sich auch unterm Himmel manches ändern
und, außer uns, viel besser werden soll.

Das Jahr ist klein und liegt noch in der Wiege.
Und ist doch hunderttausend Jahre alt.
Es träumt von Frieden. Oder träumt's vom Kriege?
Das Jahr ist klein und liegt noch in der Wiege.
Und stirbt in einem Jahr. Und das ist bald.

- Erich Kästner

Einer Hausfrau, die gern kocht

Das Jahr hat zweiundfünfzig Wochen,
da gibt es viel und gut zu kochen.
Drum sei dir ein Rezept verraten,
das besser schmeckt als Sonntagsbraten
und jedem mundet, der's probiert.
Drum hör es an ganz ungeniert,
wie du statt Braten und Salaten
sollst jeden Tag im Jahr „verbraten".
Ein jeder Tag wird' angerührt
mit Frohsinn, wie's sich stets gebührt.
Angst, Geiz und Bitteres, was nichts nutzt,
die werden einfach weggeputzt.
Ein Quantum Arbeit und Humor,
die kommen alle Tage vor,
dazu gib eine Prise Freude
und Optimismus – nicht nur heute.
Ein Körnchen Takt, auch Ironie,
die fehlen zu dem Ganzen nie.
Die Toleranz sei nicht vergessen,
sie sei das Salz in diesem Essen.
Heiter serviert soll es uns munden,
mit sehr viel Liebe abgebunden
und gern gegeben, wie man sieht,
macht's einen guten Appetit.
Wir all', die Alten und die Jungen,
wir freun uns, wenn's Rezept gelungen.
Du bist der Mittelpunkt im Haus
und kommst kaum aus dem Trott heraus.
Dein Wirken ist kein Honiglecken,
doch wir – wir lassen es uns schmecken.
Und darum danken herzlich wir
dir heut dafür!

- unbekannt

Ein Rezept für jeden Jahresanfang

Für das Jahres-Menü – das man
sich und seiner Umgebung
zubereitet – nehme man auf
jeden Fall das doppelte
Quantum an Mut, Zuversicht
und Selbst-Vertrauen. Darunter
ziehe man einen kräftigen
Schuss Humor.

Je nach Temperatur und
Stimmung wird das Grundrezept
gewürzt mit Witz, Heiterkeit
und guter Laune, gelegentlich
auch mit Ruhe, Gelassenheit
- oder kühler Abstinenz. Das
Ganze auf milder Flamme der
Nachsicht ständig weiter
köcheln lassen.

Mit Charme, Freundlichkeit
und Takt garniert, sich selbst
oder seinen Gästen auf dem
goldenen Tablett „Vertrauen“
serviert.
Wohl bekomm's!

Anonym: Neujahrsglückwunsch einer Lebensmittelfirma

Erster Januar

Nur ein Kalender spricht morgens vom neuen Jahre.
Die Wände wissen, dass nichts Neues beginnt.
Draußen die Wolken flattern wie immer so leicht wie Haare.
Und an die Fenster greift mit denselben Händen der Wind.

März und April wird kommen, und später
füllt dich ein Tag mit ewigen Stunden aus,
fällt mit Himmel und mit geblähter
Wolke in deine Hände und in dein Haus.

Manchmal erblickst du dich nachts in einem Spiegel,
das Gesicht undeutlich von Altern erfüllt,
wie ein verblichener Brief mit nie geöffnetem Siegel,
der immer die gleiche Schrift verhüllt.

Alle Tage sind neu und sind Jubiläen,
aber der Schmerz ist fern,
und du hast von den ewigen Trophäen
nur noch den Abendstern.

- Günter Eich

Gedanken am Ende eines Jahres

Ein Jahr hat uns der Zeit entrückt,
die wir nicht gern verlieren.
Solang sie unser Jungsein schmückt,
kann uns nicht viel passieren.

Doch wenn die Zeit uns älter macht -
wir können's nicht vermeiden -,
sind wir auf unsre Zeit bedacht
und müssen uns bescheiden.

Ein Jahr hat uns viel Zeit geschenkt.
Wir haben's nur nicht so empfunden.
Wir waren zu oft abgelenkt,
so ist sie uns entschwunden.

Ein Jahr hat uns den Krug gefüllt,
von dem kein Rest geblieben,
den Lebenshunger uns gestillt,
sein buntes Spiel mit uns getrieben.

Ein Jahr hat uns die Hand gereicht.
Sein Abschied macht beklommen.
Wie schnell doch solch ein Jahr verstreicht!
Ein Neues wird bald kommen.

- Elli Michler

Ich wünsche dir für´s neue Jahr ...

Ich wünsche dir für´s neue Jahr
das große Glück in kleinen Dosen.
Das alte lässt sich ohnehin
nicht über Nacht verstoßen.

Was du in ihm begonnen hast
mit Mut und rechter Müh',
das bleibt dir auch noch Glück und Last
in neuer Szenerie.

Erwarte nicht vom ersten Tag
des neuen Jahres gleich zuviel!
Du weißt nicht, wie er's treiben mag,
es bleibt beim alten Spiel.

Ob gute Zeit, ob schlechte Zeit,
wie sie von Gott gegeben,
so nimm sie an und steh bereit
und mach daraus dein Leben!

- Elli Michler

Jahreswechsel

M a l e dir, Jahr,
einen friedvollen Anfang,
male mit Farben,
die voll Lebenskraft sind.

R u f e , Jahr,
mit der Stimme der Gerechtigkeit
in die Tiefe der Welt,
wo Haltlose und Verfolgte
nur Dunkel sehen.

S c h r e i b e , Jahr,
deine große Zahl
als Aufbruch in die neue Zeit
und verschließe nicht Vergangenheit.

S i n g e , Jahr,
in Hoffnung und Dank,
erhebe dich in deinem stolzen Gewand
und lass deine Werke
eine Hymne auf die Liebe sein.

- Traudl Schmitt

Macht euch nichts vor!

Einsicht, dass die Zeit verrinnt,
keimt nur, wenn ein Jahr beginnt!
Schminkt euch ab die Illusionen,
die euch stetig innewohnen!

Denn: Nicht lang nach Mitternacht
ist euch, ehe ihr's bedacht,
schon erneut das vorgekommen,
was ihr euch doch vorgenommen,

dass ihr es nun ändern wollt!
Wenn ihr noch was Achtung zollt,
dann dem trotzigen Bemühen,
für die Haltung doch zu glühen,

die uns Ziel, doch unerreicht!
Wenn die Einsicht uns beschleicht,
dass wir trotz der Niederlagen
es erneut mit uns noch wagen,

dann begann – ein Trost des Lebens –
dieses Jahr schon nicht vergebens!

- Klaus Huber

Neujahr bei Pastors

Mama schöpft aus dem Punschgefäße, der Vater lüftet das Gesäße
und spricht: „Jetzt sind es vier Minuten nur mehr bis Zwölfe, meine Guten.

Ich weiß, daß ihr mit mir empfindet, wie dieses alte Jahr entschwindet,
und daß ihr Gott in seinen Werken – Mama, den Punsch noch was verstärken!-

Und daß ihr Gott von Herzen danket, auch in der Liebe nimmer wanket,
weil alles, was uns widerfahren – Mama, nicht mit dem Arrak sparen!-

Weil, was geschah, und was geschehen, ob wir es freilich nicht verstehen,
doch weise war, durch seine Gnade – Mama, er schmeckt noch immer fade!-

In diesem Sinne, meine Guten, es sind jetzt bloß mehr zwei Minuten,
in diesem gläubig frommen Sinne – gieß noch mal Rum in die Terrine!-

Wir bitten Gott, daß er uns helfe auch ferner – wie? Es schlägt schon Zwölfe?
Dann prosit! Prost an allen Tischen! – Ich will den Punsch mal selber mischen.“

- Ludwig Thoma

„Neujahrs-Epistel“

aus dem „Almanach zum Lachen“ von 1857

Neugeborenes Jahr!
Deine Tage sind gezählt: Du weißt, was kein Fürst auf Erden weiß – wie lange du regieren, wann du abtreten und wem du das Zepter übergeben wirst.
Verschone uns vor neuen Steuern, bösen Frauen, falschen Freunden und sauren Gesichtern.
Beschütze uns vor leeren und grünen Tischen, vor Spitzbuben und neuen Kredit-Instituten, vor Krankheiten und Diplomaten, vor brennender Not und brennenden Fragen, vor nassen Augen und nassen Jungs, vor faulen Fischen und Schicksalsschlägen, vor Rechtsverdrehern und Mandantengebühren, vor vielfältigem Geschwätz und einfältigen Abgeordneten, vor allem aber beschütze uns vor unseren Verwandten.

Lasse unsere Frauen leben in allen Ehren. Mache ihre Wunschzettel kürzer und ihre Kleider oben und unten länger. Schränke ihre Bedürfnisse ein und erweitere den Umfang ihrer Wespentaillen.
Lasse sie Blumen tragen und Früchte für den Hausstand, aber nicht auf ihren Hüten.
Lasse sie wandeln auf Rosen und gib, dass sie nicht hängen bleiben an Kanten und Spitzen und sich nicht vergaffen in Schaufenster und Gardeoffiziere!

Werde, sei und bleibe uns ein gutes Jahr, auf dass wir einst fröhlich und glücklich von dir scheiden und deinen Nachfolger mit Weinen begrüßen. Mit Weinen feurig, edel, gut gegoren und gekocht von deiner Sonne. Gib, dass wir dann den Becher austrinken bis auf die letzte Neige unter dem Jubelrufe: Prosit Neujahr!

- unbekannt

Neujahrssprüche
der „Weisen“ aus dem Morgenlande

Kein Gold und keinen Weihrauch, keine Myrrhe
gibt's diesmal für Europas arme Irre!
Im Lauf von über dreißig fetten Jahren
hieß deren Motto stets: Wozu denn sparen?

Jetzt lehren wir, mit Erdöl unterm Hintern,
das Abendland ein neues Überwintern.

Ihr werdet, hört man deutlich aus Arabien,
so billig bald kein Öl mehr habien.

Denn wir, wie die Regierenden Kuweits,
wir schwitzen zwar, jedoch in Deutschland schneit's.

Und lauthals tönt es aus Algerien:
Wir können euch das Schnattern lehrien.

Dem pflichten bei die Herrn von Syrien:
Nun sollt ihr unsre Macht mal spürien.

Gewaltig schallt es her von Libyen:
Die alte Welt ist abgeschriebien.

Denn jedes Dromedar weiß in Tunesien:
Wir werden sein, ihr seid gewesien.

Ihr könnt euch winden, wenden oder drehen,
wir haben euren kalten Stern gesehen.

Und Germany darob zu Tode fast erschrocken,
schreit nach Atomkraft, Kohle, warmen Socken.

So wünscht man sich statt Glück bei Schnee und Frost
vor allem Energie! Und darauf Prost!

- Emil Autenrieth

Neujahrswunsch

Ich wünsche dir nicht die Unsterblichkeit, ich wünsche dir nur
das Glück in der Zeit, die jetzt dir gegeben, die Liebe zu leben.

Bestelle dein Haus, ein Jahr ging hinaus,
ein neues kehrt ein, und Friede mag seine Lösung sein.

Und schaust Du zurück und suchst noch ein Stück
von vergangenem Glück, so denke daran, daß nur im Werden Erfüllung sein kann.

Drum sieh in die Zukunft und gib ihr die Hände,
denn an jedem Ende reicht Gott seine Hände, aus denen ewig alles begann.

- Uta Taschner-Seifert

Forderung des Augenblicks

Noch erfüllt uns Weihnachts-Seligkeit. Unser Wunsch, zu weilen, macht sich breit.
Doch das neue Jahr reißt uns schon mit, fordert Aufbruch nun auf Schritt und Tritt.

Seinen Ruf ergeben, treten wir in die Weite, schließen jene Tür,
die Erinnerungen uns erhält. W e i t e r g e h e n fordert unsere Welt.

Stellen wir uns ihr, erwächst uns Mut. Urvertrauen bildet unsere Hut,
daß der Weg uns weiter dorthin führt, wo die Seele Freiraum für sich spürt,
Rast zu halten einst nach einem Jahr, wo in Stille unser Kraftquell war.

- Klaus Huber

Pläne

Man soll das Jahr nicht mit Programmen
beladen wie ein krankes Pferd.
Wenn man es allzu sehr beschwert,
bricht es zu guter Letzt zusammen.

Je üppiger die Pläne blühen,
um so verzwickter wird die Tat.
Man nimmt sich vor, sich schrecklich zu bemühen,
und schließlich hat man den Salat.

Es nützt nicht viel, sich rot zu schämen.
Es nützt nichts, und es schadet bloß,
sich tausend Dinge vorzunehmen.
Lasst das Programm und bessert euch drauflos!

- Erich Kästner

Prosit Neujahr
Wenn die Korken knallen

Das alte Jahr ging in Pension
und folgte jener Prozession,
die mit des Herrn Geburt begann
und mit der Zeit so rasch verrann.
Wie dir zuvor hat's über Nacht
das Glück und manchmal Pech gebracht.
Dem alten Jahr, des Haupt bemoost,
heb ich das Glas zum letzten Prost!

Neujahr kommt fröhlich durch die Tür
und bringt Champagner dir und mir,
mit einem Hoffnungslächeln breit
und Schornsteinfegern im Geleit.
Auch Glückspilz, Kleeblatt und Glücksschwein
reihen sich in den Reigen ein.
Auf″s Neue trinket denn getrost:
Es möge nützen! Na, denn Prost!

Das junge Jahr reicht Euch die Hand,
und führt in unbekanntes Land.
Zu neuen Chancen schlaget ein!
Bringt's Kröten, merkt ihr's von allein.
Glück auf, ein neues Spiel beginnt
und nur, wer etwas wagt, gewinnt.
Der Freud′ am Leben gilt mein Toast:
Willkommen Neujahr! Auf dich – Prost!

- Fritz Hans Rückel

Rezept-Vorschlag für ein ganzes Jahr

Man nehme 12 Monate,
putze sie ganz sauber von Bitterkeit, Geiz,
Pedanterie und Angst
und zerlege jeden Monat in 30 oder 31 Teile,
so dass der Vorrat für ein Jahr reicht.

Es wird jeder Tag einzeln angerichtet
aus einem Teil Arbeit und zwei Teilen Frohsinn und Humor.
Man füge drei gehäufte Esslöffel Optimismus hinzu,
einen Teelöffel Toleranz,
ein Körnchen Ironie und eine Prise Takt.
Dann wird die Masse sehr reichlich mit Liebe übergossen.

Das fertige Gericht schmücke man
mit Sträußchen kleiner Aufmerksamkeiten
und serviere es täglich mit Heiterkeit
und mit einer guten, erquickenden Tasse Tee ...
Gott, der mir von Jugend an so viele Gnade erwiesen hat,
der wird schon ein Plätzchen aussuchen,
wo ich meine alten Tage ruhig
und zufrieden beschließen kann.

Ich freue mich des Lebens, ich suche keine Dornen,
hasche die kleineren Freuden.
Sind die Türen niedrig, so bücke ich mich;
kann ich den Stein aus dem Weg tun, so tu ich's;
ist er zu schwer, so gehe ich um ihn herum,
und so finde ich alle Tage etwas, das mich freut.

Und der Schluss-Stein, der Glaube an Gott,
der macht mein Herz froh und mein Angesicht fröhlich.

- Catharina Elisabeth Goethe

Sei mir willkommen, neues Jahr

Sei mir willkommen, neues Jahr!
Eröffnet sei der Reigen
mit etwas Sekt und Kaviar
und den Silvestergeigen.

Sei mir willkommen, neues Jahr!
Du lockst mit frischen Taten
und Abenteuern, die fürwahr
mitunter auch missraten.

Sei mir willkommen, neues Jahr!
Neu mischt man nun die Karten.
Wir zahlen ideell und bar.
Man setzt auf Glückserwarten.

Sei mir willkommen, neues Jahr!
Wüsst gern, was du verborgen,
als dein Geheimnis unsichtbar!
Sind's Freuden oder Sorgen?

Sei mir willkommen, neues Jahr!
So rosig, ohne Falten.
Doch nach zwölf Monaten absehbar
gleichst du genau dem alten.

- Fritz Hans Rückel

Silvester 1944/1945

Soll ich euch zum neuen Jahr,
Soll ich gratulieren?
Laufe ich da nicht Gefahr,
Mich (bedenkt, wie's letztlich war)
Wieder zu blamieren?

Waren es nicht Jahr für Jahr
Ausgesprochne Nieten?
Ach, sie konnten uns sogar
Gar nichts andres als Gefahr
Und Entbehrung bieten.

Woll'n wir nicht mal stur und stumm
Unser Jahr empfangen?
Als enttäuschtes Publikum.
Wird der Spielplan uns zu dumm.
Wir verlangen:

Wechsel vom Gesamtprogramm!
Neue Walzen rein!
Und dann woll'n wir wieder stramm
Und wie einstmals all' zusamm':
Prosit Neujahr! schrein.

- Werner Fink

Silvester

Dass bald das neue Jahr beginnt,
Spür ich nicht im Geringsten.
Ich merke nur: die Zeit verrinnt
Genau so wie zu Pfingsten.

Genau wie jährlich tausend Mal.
Doch Volk will Griff und Daten.
Ich höre Rührung, Suff, Skandal,
Ich speise Hasenbraten.

Mit Cumberland, und vis-à-vis
Sitzt von den Krankenschwestern
Die Sinnlichste. Ich kenne sie
Gut, wenn auch erst seit gestern.

Champagner drängt, lügt und spricht wahr.
Prosit, barmherzige Schwester!
Auf! In mein Bett! Und prost Neujahr!
Rasch! Prosit! Prost Silvester!

Die Zeit verrinnt. Die Spinne spinnt
In heimlichen Geweben.
Wenn heute Nacht ein Jahr beginnt,
Beginnt ein neues Leben.

- Joachim Ringelnatz

Silvesterabend

Das alte Jahr, das in uns überquoll
vom Licht der goldnen Stunden –
und doch der Qualen voll
uns heimgesucht hat und geschunden,
dies alte Jahr, mit lärmenden Gesängen
und Feuern, die den Himmel sprengen,
wird's nun hinaus geleitet
von einer trunknen Schar von Zechern
rund um die Mitternacht.

Und später dann,
wenn über Turm und Dächern
das klare Mondlicht gleitet,
trifft still das neue Jahr uns an,
das hoch auf einem Schimmel reitet
und aus dem alten Maß der Zeit
neu abgezählt die Tage und die Stunden streut.
Es sieht noch fremd, doch tatendurstig aus,
schlägt hier und da schon erste Wunden
und nährt in diesem oder jenem Haus
die alte Hoffnung, zu gesunden.

- Elli Michler

Silvesterwünsche an alle Welt

Der Zeiger auf die Zwölfe fällt,
die Glocke dröhnt, der Hofhund bellt.
Da wünsch ich Glück dem Erdenkreis,
Gesundheit allen, Kind und Greis.
(Doch nicht zuviel – was red ich bloß,
sonst werden die Ärzte arbeitslos.)
Die Kriege sollten ganz verschwinden,
viel Missgunst, Neid ist noch zu finden.
Wir haben doch nur eine Erde,
die niemals unbewohnbar werde!
Der Wunsch soll gelten, ist doch klar,
nicht ein Jahr nur, nein, tausend Jahr.
Kein Volk soll einen Krieg anzetteln.
Die Waffenhändler sollen betteln,
da spend´ ich gerne ein paar Mark
und mach mich für den Frieden stark.
Die Fabrikanten und Verleger,
die Wohlstands- und die Weisheitspfleger,
die dürfen ruhig gut verdienen,
der Arbeitnehmer gönnt es ihnen.
Den Zeitungsschreibern, mit Verlaub,
sei auch ein Hoch gebracht, ich glaub,
es lebe hoch im neuen Jahr
auch der, der nicht ganz koscher war.
Die guten Menschen sowieso.
Kurz: Ich wünsch ihnen allen ein
frohes Neujahr, und den Armen Trost.
Prost!

- unbekannt

Vorsätze, statt für das ganze Jahr: Nur für heute

Nur für heute

werde ich mich bemühen, den Tag zu erleben, ohne das Problem meines Lebens auf einmal lösen zu wollen.

werde ich niemanden kritisieren, ja, ich werde nicht danach streben, die anderen zu korrigieren oder zu verbessern ... nur mich selbst.

werde ich in der Gewissheit glücklich sein, dass ich für das Glück geschaffen bin ... nicht nur für andere, sondern auch für diese Welt.

werde ich mich an die Umstände anpassen, ohne zu verlangen, dass sich die Umstände an mich und meine Wünsche anpassen.

werde ich zehn Minuten meiner Zeit einer guten Lektüre widmen. Wie die Nahrung für das Leben des Leibes notwendig ist, so ist die gute Lektüre notwendig für das Leben der Seele.

werde ich eine gute Tat vollbringen, und ich werde es niemanden erzählen.

werde ich etwas tun, wozu ich keine Lust habe, es zu tun; sollte ich mich in meinen Gedanken beleidigt fühlen, werde ich dafür sorgen, dass niemand es merkt.

werde ich ein neues Programm aufstellen. Vielleicht halte ich mich nicht daran, aber ich werde es aufsetzen. Und ich werde mich vor zwei Übeln hüten: Vor der Hetze und vor der Unentschlossenheit.

werde ich fest glauben – selbst wenn die Umstände das Gegenteil zeigen sollten -, dass die gütige Vorsehung Gottes sich um mich kümmert, als gäbe es sonst niemanden auf der Welt.

werde ich keine Angst haben. Ganz besonders werde ich keine Angst haben, mich an allem zu erfreuen, was schön ist, und an die Güte zu glauben.

- Papst Johannes XXIII.

Wünsche

W ünsche wollen wir versenden
I n der jahresjungen Zeit,
R ings herum mit vollen Händen.

W ünsche für Zufriedenheit.
Ü ber alledem soll stehen
N ächstenliebe wie ein Stern,
S chlecht soll es euch niemals gehen,
C haos bleibe allen fern.
H erzlichkeit ström' Euch entgegen,
E ngelsgleich Geduld dazu,
N ie ermang'le euch ein Segen.

A alle Welt schütz' euer „Du",
L ebenslust bleib' euch erhalten,
L angmut, wo's an Einsicht fehlt,
E urem eigenen Gestalten
N iemals fehle es an Geld.

E uch Erfolge sind zu gönnen,
I mmerfort, solang ihr's braucht,
N och ´nen Wunsch will ich benennen:

G lück, in dem ihr untertaucht.
E influss sollt ihr immer haben,
S achgemäß sei euer Rat,
U nd von allen euren Gaben
N ie die falschen habt parat.
D ummheit soll euch nicht berühren,
E inmal sollt ihr drüber steh'n,
S elbst wenn and're sie nicht spüren,

N ie soll's auf die Nerven geh'n.
E uch soll Frohsinn stets umgeben
U nd ein lieber Freundeskreis:
E he- oder Liebesleben
S ei nie lasch und nie zu heiß.

J eder soll das alles kriegen,
A ußer er wünscht uns das nicht;
H erzlich gerne darf er siegen,
R eziprok er's uns verspricht.

- Lutz Krämer

Zum Jahreswechsel

Träum' nicht zuviel von alten Zeiten,
die dich umgeben schemenhaft.
Du musst Erlebtes aufbereiten.
Nur so gewinnst du neue Kraft.

Auf Wolkenschiffen hinzuschweifen,
scheint mir am Ende nicht genug.
Wer sich entschließt, die Ruder zu ergreifen,
ein Ziel zu setzen Boot und Bug,

um neue Lebensufer anzusteuern,
dem wird als Lohn für seinen Mut
alsbald sich Herz und Geist erneuern,
wenn frei die Seele in sich selber ruht.

- Elli Michler

Zum neuen Jahr ein neues Herze

Zum neuen Jahr ein neues Herze,
ein frisches Blatt im Lebensbuch.
Die alte Schuld sei ausgestrichen.
Der alte Zwist sei ausgeglichen
und ausgetilgt der alte Fluch.
Zum neuen Jahr ein neues Herze,
ein frisches Blatt im Lebensbuch!
Zum neuen Jahr ein neues Hoffen!
Die Erde wird noch immer grün.
Auch dieser März bringt Lerchenlieder.
Auch dieser Mai bringt Rosen wieder.
Auch dieses Jahr lässt Freuden blühn.
Zum neuen Jahr ein neues Hoffen.
Die Erde wird noch immer grün.

- Karl Gerok

Zusammenhalten im Neuen Jahr

Wenn man jung ist und modern
möchte man natürlich gern
alles neu und umgestalten,
doch wer meckert dann? Die Alten!

Will dynamische Ideen
endlich man verwirklicht sehen,
zieh'n sie sorgenvoll die Falten,
ja, so sind sie, unsere Alten.

Krieg und Elend, Hungersnot,
manchen Freundes frühen Tod,
doch sie haben durchgehalten,
unsere lieben guten Alten.

Was sie unter Müh' und Plagen
neu erbaut in ihren Tagen
möchten sie jetzt gern erhalten,
habt Verständnis für die Alten.

Bändigt eure jungen Triebe,
zeigt den Alten eure Liebe,
lasst euch Zeit mit dem Entfalten,
kümmert euch um eure Alten.

Wozu jagen, warum hetzen?
Nach den ewigen Gesetzen
ist die Zeit nicht aufzuhalten,
plötzlich seid dann ihr die Alten.

Und in euren alten Tagen
hört ihr eure Kinder klagen:
„Ach, es ist nicht auszuhalten,
immer meckern diese Alten!"

Ja, des Lebens Karussell
dreht sich leider viel zu schnell.
Drum sollten sie zusammenhalten,
all die Jungen und die Alten.

- unbekannt

Neujahrswunsch eines Kartenspieler

Ach, es ist im Leben viel
grad so wie beim Kartenspiel,
will erfolgreich man´s gestalten,
muß man gute Karten halten.

Doch mit guten Karten auch
fällt man manchmal auf den Bauch,
denn bedeutend in sich hat es
auch der Sitz des ganzen Blattes.

Manches Lebensglück bleibt stumpf,
weil der Spieler keinen Trumpf
und selbst wenn er Trumpf in Händen,
kann dies nichts zum Guten wenden,

denn die Höhe des Atout
kommt hier allemal dazu
und man darf sich nicht verschätzen,
zeitgerecht ihn einzusetzen.

Oft hat der im Spiel das Glück,
der sich vornehm hält zurück;
wichtig ist, auch mal zu passen
und die andern spielen lassen.

Doch wenn einer frech und dreist
jedes Spiel gleich an sich reißt,
sollte man sich nicht genieren,
diesen durchaus zu kontrieren.

Übereinstimmung ist gut
zwischen Kraft und zwischen Mut,
denn leicht die sich überreizen,
die mit Selbstkritik hier geizen.

Wer beim Schlemm sich übernimmt,
weil die Punktezahl nicht stimmt,
wird im Spiel, - das sag ich allen
und im Leben sehr leicht fallen.

Auch wer alles dies bedacht,
hat das Spiel noch nicht gemacht,
denn im Spiel und auch im Leben
kann´s oft Widrigkeiten geben.

Jeder, der schon mal geliebt,
weiß, dass es das öfters gibt,
dass Herz König oder Damen
von der falschen Seite kamen,

dass ein Plan zusammenbricht,
wenn dann diese auch noch sticht.
Manchen treffen solche Schnitte
in des Lebensnerves Mitte.

Oft erhöht sich noch der Schmerz,
wenn der andere kein Herz
und es kommt der Spott zum Schaden,
denn das Lebensspiel geht baden.

Ach ich wünsch, Euch bleibt erspart,
all dies auf der Lebensfahrt,
dass die meisten Schnitte sitzen,
dass Ihr nie vor Angst müsst schwitzen,

dass im richtigen Moment
Ihr Euch von den Luschen trennt
und dass all die Konventionen,
statt im Kopf, im Herzen wohnen.

Und ich wünsch´, dass nie ein Sieg
Euch zu hoch zu Kopfe stieg.
Mög´vor mogelnden Verfahren
Euch der Gott des Spiel´s bewahren.

Auch ein Kartenspieler kann
doch ganz sicher dann und wann
sich beim Lebensspielgestalten
noch ein gutes Herz (er-) halten.

Auf das Farbenangebot
reduziert auf schwarz und rot –
solltet Ihr Euch nie beschränken!
Nicht im Fühlen, nicht im Denken!

- Lutz Krämer

Wünsche zu Jahreswechsel

Ich wünsche Schlaf Dir in den Nächten,
egal was auch am Tag geschah,
als Bollwerk vor all jenen Mächten,
die, uns bedrängend, immer da.

Ich wünsch´ Dir, dass am andern Morgen
Du stets erwachst, zutiefst erquickt
und dass Dich keine Deiner Sorgen
unüberwindbar niederdrückt.

Ich wünsche Dir, dass die Probleme
nie größer sind, als Deine Kraft,
dass nichts Dich so gefangen nehme,
dass nicht Dein Geist den Ausweg schafft.

Ich wünsche Dir, dass Dir im Leben
für alles Schöne, was Du siehst,
die Aufgeschlossenheit gegeben
und niemand Dir das je vermiest.

Ich wünsche Ausgeglichenheit
und dass im Auf und Ab der Tage
selbst noch bei großer Widrigkeit,
Gelassenheit steht außer Frage.

Ich wünsche Dir, dass Du zufrieden
zurück auf Deine Tage blickst
und dass das Schicksal Dir beschieden,
dass Du den Neid im Keim erstickst.

Ich wünsche Dir das Positive
und dass Du es sofort erkennst,
und dass daraus die Perspektive
Du innerlich Dein eigen nennst.

Ich wünsche Dir die Kraft der Worte
in jedem kleinen Augenblick
und dass du auch an jedem Orte,
wenn nötig, hälst sie klug zurück.

Ich wünsche Dir, Du mögst genießen
die kleinen Freuden, die es gibt,
die überall am Wege sprießen,
wenn man nur recht das Leben liebt.

Ich wünsche Freunde Dir im Leben,
die nah, und doch nicht zu nah steh´n,
die Halt und Stütze können geben
und die, wenn nötig, dann auch geh´n.

Ich wünsch´ Dir Zeit in jeder Stunde,
die dir gehorcht, nicht umgekehrt,
die in Beruf und froher Runde
Dir die Zufriedenheit beschert.

Ich wünsche Dir ein Steckenpferd
zum täglichen Begleiten,
an dem Du hängst und das Dir wert,
und auch die Zeit zum Reiten.

Ich wünsche Dir die Leidenschaft
den Dingen nachzurennen,
und dazu auch die inn´re Kraft
Exzesse zu erkennen.

Ich wünsche Dir auch das Verzeihen,
und dass Du wirklich auch vergisst,
dass die Gedanken nicht entzweien
von dem, dem doch vergeben ist.

Ich wünsch´ Dir Sonne strahlend hell
auf allen Deinen Wegen,
und Mantel und ein dickes Fell
bei Eis und Schnee und Regen.

Ich wünsch´ Dir Gleichmut und Humor,
um Dummheit zu ertragen,
das Quentchen Feingefühl zuvor,
um manchmal nichts zu sagen.

Ich wünsche die Gesundheit Dir,
um, wie Du bist, zu bleiben,
so magst Du es auf Erden hier
noch manches Jährchen treiben.

Ich wünsch´ Gedanken an die Erben,
und dies ohn´ innerliche Pein,
denn einmal müssen alle sterben!
Lass uns dies gegenwärtig sein.

- Lutz Krämer

Quellenverzeichnis:

Elli Michler, Don Bosco Verlag, München

aus ´Ich wünsche dir ein frohes Fest´
- Weihnachts-Wunschzettel
- Ich wünsche dir ein frohes Fest

aus ´Dein ist der Tag´
- Dein ist der Tag
- Zum Advent
- Silvesterabend

aus ´Sterne leuchten auf dem Weg´
- Zur Weihnachtszeit

aus ´Dir zugedacht´
- Ich wünsche dir fürs neue Jahr

aus ´Laß der Seele ihre Träume´
-Loblied auf alles, was rund ist

aus ´Erinnerst du dich?
Gedanken am Ende eines Jahres

aus ´Alles wandelt die Zeit´
- Zum Jahreswechsel

aus ´Im Vertrauen zu dir´
- Glaubensbekenntnis

Erich Fried, Verlag Klaus Wagenbach, Berlin
aus ´Es ist was es ist´
- Was es ist

Peter Friebe, Germering
Einer kam

Evelis Reichardt, Baden-Baden
aus ´Herzklang´: Der Löffel und Kerzenmanns Logik
aus ´Lebens-Lust´: Weihnachts-Märchen

Fritz Hans Rückel, Dierdorf
aus ´Von des Weines himmlischer Zauberkraft´: Die sieben Weingeister

Sabine Schöck, Baden-Baden
aus ´Der rote Faden´: Liebe und Überdreht

Josef Otto Schneider, Montabaur, Verlag Arfeller
aus `Jahresringe´:

- Mein Weihnachtsstern
- 75 – nach all dem
- Tanz der Sterne
- Bedenkzeit